Sternschnuppen

Eine Thompson-Sisters Novelle

BÜCHER VON CHARLES SHEEHAN-MILES

Sternschnuppen

Eine Thompson-Sisters Novelle

Charles Sheehan-Miles

aus dem Amerikanischen von
Dimitra Fleissner

Cincinnatus Press
South Hadley, Massachusetts

www.sheehanmiles.com

Published by Cincinnatus Press
PO Box 814
South Hadley, Massachusetts
United States of America

ISBN:**9781632021205**

Cincinnatus Press
www.cincinnatuspress.com

v03182015

DANKSAGUNG

Eine lange Geschichte zu schreiben, sogar eine Novelle, ist ein kompliziertes Unterfangen. Ich hatte während der Entstehung eine Menge Hilfe von meinen Beta-Lesern und anderen Personen. Ganz besonders danke ich meinen Beta-Lesern Andrea Randall, Sarah Griffin, Brett Lewis, Jackie Yeadon, Tanya Spence Hall, Kristen Teaff, Emma Corcoran, Kathy Baker, Windy Wilken, Dimitra Fleissner, Laura Wilson, Bryan James, Michelle Kannan, Amy Burt, Jennifer Mirabelli, Stacey MacDowell Grice, Kirsten Papi, Beth Suit, Rita Jenkins Post, Kelly Moorhouse, Kirsty Lander und Sally Bouley. Eure aufmerksamen und kritischen Kommentare haben mir während des Schreibens sehr geholfen und ich bin Euch sehr dankbar!

KAPITEL 1

She Hates Me

Ihre persönlichen Dinge (Crank)

„Ihre persönlichen Dinge."

Der rotgesichtige, unwirsche, rundliche Cop hinter dem Schreibtisch schob mir einen dicken, braunen Umschlag herüber. Ich öffnete ihn. Darin fand ich meine Geldbörse und die Kette, die sie mit dem Gürtel verband, zusammen mit meinem Gürtel und den Schnürsenkeln. Der Raum erinnerte in gewisser Weise an die Realität nach einem Hangover. Ich hatte dieses Prozedere schon ein-... oder zweimal... erlebt.

„Danke", murmelte ich.

Der launenhafte Cop grinste mich sarkastisch an. „Ich wünsche Ihnen einen schönen Tag."

Ich schnaubte und verdrehte meine Augen. Der andere Cop deutete auf die Tür. Ich hörte ein Summen, als ich sie aufdrückte und hindurch ging, ohne die Schnürsenkel rutschten meine Füße bei jedem Schritt in meinen Schuhen herum.

Julia stand auf, als sie mich sah, ihr langes kastanienbraunes Haar fiel ihr in losen Locken über die Schultern. Ihre blaugrünen Augen fixierten meine. In dieser Umgebung, dem Eingangsbereich eines Gefängnisses, das nach Urin stank, sah sie fehl am Platz aus, wie eine Blume in einem Misthaufen. Aber äußere Erscheinungen können täuschen.

„Geht es dir gut?" Sie hob zögerlich ihre rechte Hand, um meine Wange zu berühren. „Du hast ein blaues Auge."

„Ja, es ist alles okay, Babe."

Bei diesem Ausspruch kniff sie ihre Augen zusammen und ihre Hand, die zärtlich meine Wange berührt hatte, schlug mir hart auf die Schulter.

„Au!"

„Was ist nur mit dir *los?*", fragte sie.

„Was zur Hölle habe ich falsch gemacht?"

„Komm einfach mit, wir müssen Sean und Carrie abholen."

Sie drehte sich um und marschierte zur Haupttür des Gefängnisses hinaus. Kein Kuss oder ein „Ich bin froh, dass es dir gut geht", oder sonst etwas. Was zur Hölle? Manchmal verstand ich sie nicht. Ich liebte sie. Sie war mein Leben, aber... Himmel, dieser Sommer war so frustrierend wie die Hölle gewesen.

Mein Auto war auf der anderen Straßenseite geparkt. Ein mintfarbenes und kirschrotes 1968er Ford Mustang Cabrio mit einem weißen Rallyestreifen und einem silbernen Totenkopf, anstelle des Mustang Zeichens vorne. Ich hatte das Auto in LA gekauft und damit einen der vielen Auseinandersetzungen heraufbeschworen, die ich mit Julia, während wir auf Tour gewesen waren, gehabt hatte. Was zur Hölle kümmerte es sie, wenn ich ein Auto kaufte? Vor allem ein Auto, das echt rockte? Aber nein… wenn *ich* ein Auto kaufte, bedeutete das anscheinend vierzehntägige Diskussionen.

She Hates Me – Sie hasst mich dröhnte aus den Lautsprechern. Ich zuckte zusammen. Ich liebte laute Musik, aber um Himmels Willen, es war sechs Uhr morgens und ich hatte Kopfschmerzen.

Sie legte den Gang ein. Ich starrte aus dem Fenster. Es wurde hell draußen und bald würde es ein normaler Samstagmorgen in San Francisco werden. Mir gefiel, was ich, seit wir gestern angekommen waren, von der Stadt gesehen hatte. Allerdings war, wenn man auf Tour war, der strikte Zeitplan ein echtes Ärgernis. Eine Stadt begann wie die andere auszusehen, ein Hotel wie das andere, ein Streit wie ein anderer. Es verschwamm alles zu einem Einheitsgrau.

„Wie geht es Sean?", fragte ich.

Sie sah mich sauer an. „Was meinst du wohl, wie es ihm geht, Crank? Er ist gestresst und aufgeregt und er macht sich Sorgen um dich."

„Tja, es ist ja nicht so, als ob ich losgezogen wäre, um mich verhaften zu lassen, Julia."

„Nein, du hast nur *direkt vor den Cops* jemanden zusammengeschlagen."

„Er war ein Arschloch."

„Nein, er war ein Mitglied der Presse."

„Das ist dasselbe."

Sie schüttelte ihren Kopf. „Hör auf, dich wie ein Kind aufzuführen, Crank. Da draußen gibt es hunderte andere Bands, die gerne an eurer Stelle wären. Wenn du deine Karriere gleich zu Beginn ruinieren willst, dann mach weiter so und verärgere die Presse. Jetzt lass uns deinen Bruder abholen, bevor er total ausrastet."

„Gut."

Ich zuckte zusammen, als sie eine Kurve zu schnell nahm, und dann fuhr sie an der Küste entlang in Richtung unseres Hotels. Ich konnte zwischen den Häuserfronten, Touristen und Touristenfallen immer wieder das Wasser hervorblitzen sehen. Ich sah weiter hinaus und versuchte, mich ein wenig zu entspannen.

Okay, schauen Sie. Ich verstand es. Sie hatte recht. Ich hätte cool bleiben können. Ich hätte cool bleiben *sollen*. Aber in letzter Zeit schien es, als ob wir nirgendwo hingehen konnten oder nichts tun konnten, ohne dass uns Reporter ihre Kameras ins Gesicht hielten. Wir waren durch eine ganze Horde von ihnen hindurchgegangen, Blitzlichtgewitter, sie bedrängten uns und ich hatte an Seans Stimme erkennen können, dass er kurz davor gewesen war auszurasten. Also rastete ich für ihn aus. Tja, erschießen Sie mich dafür.

Im Grunde war die schlechte Nachricht, dass uns überall, wo wir hingingen, Reporter und Paparazzi verfolgten. Und die gute Nachricht war, dass uns überall, wo wir hingingen, Reporter und Paparazzi verfolgten. Ernsthaft. Das geschieht nicht, wenn man nicht erfolgreich ist. Und meine Band Morbid Obesity war zunehmend erfolgreich.

Um es mit echter Bescheidenheit zu sagen, es lag daran, dass die Musik verdammt gut war. Aber auch daran, dass wir eine wunderbare, talentierte Managerin in Form meiner Freundin Julia hatten. Julia, die mitgeholfen hatte, jede Gelegenheit zu nutzen, um die Band erfolgreich zu machen. Julia, die fast eine große Schwester für meinen Bruder Sean geworden war. Julia, die ich abgöttisch liebte.

Julia, die in letzter Zeit nicht sehr glücklich mit mir war.

Konnte ich es ihr verdenken? Es war ja nicht so, als ob ich nicht immer und immer wieder ein kompletter Idiot gewesen war. Aber auf der anderen Seite, sie war auch keine Heilige.

Wie auch immer. Wir hatten eine nette Fünftagesfahrt quer durch das Land vor uns. Für uns beide eine Chance, uns zu entspannen und herunterzukommen. Eine Chance, uns daran zu erinnern, dass wir uns liebten. Den Stress und die Ablenkungen der Tour hinter uns zu lassen.

Eine Chance, wieder *wir selbst* zu sein.

Lebensmittelvergiftung (Crank)

Als Julia mich aus dem Gefängnis holte, hatte ich stechende Kopfschmerzen. Bis wir Sean vom Hotel abgeholt hatten und auf dem Weg nach Richmond, einem Stadtteil von San Francisco, waren, war der Schmerz in meinem Kopf so schlimm, dass es fast nicht mehr auszuhalten war. Ich brauchte einen Drink und etwas zum Mittagessen, und zwar genau in dieser Reihenfolge.

Obwohl, wenn ich nochmals darüber nachdachte, war mir so schlecht, dass ich vielleicht das Mittagessen lieber ausfallen lassen sollte. Julia hatte darauf bestanden, dass ich duschte, bevor wir uns auf den Weg zu ihren Eltern machten. Das war vermutlich das Beste, wenn man bedachte, was für eine schlechte Meinung sie ohnehin schon von mir hatten. Aber das heiße Wasser und der Dampf hatten dazu geführt, dass ich mich noch ausgetrockneter fühlte. Ich brauchte wirklich einen Drink.

Ich rutschte auf meinem Sitz herum und sah nach hinten zu Sean. Auf seinem Schoß hatte er eine mitgenommene 1990er Ausgabe von *Off the Beaten Path – Jenseits ausgetretener Wege*, das war ein Reiseführer zu all den obskuren und sonderbaren Dingen quer durch die USA. Er fragte schon seit Tagen nach bestimmten Sehenswürdigkeiten, die er während unserer Reise besuchen wollte.

„Geht's dir gut, Sean?"

„Mir geht's gut. Und dir? Ich mache mir Sorgen, dass sich dein rechtes Auge entzünden könnte. Oder dass es andere Komplikationen gibt. Hattest du irgendwelche plötzlichen Veränderungen oder kurze Verluste deines Sehvermögens?"

Allmächtiger, Sean. Ich nickte langsam. „Ja, hin und wieder. Warum?"

Auf Seans Stirn bildeten sich Falten. „Kannst du deine Augen bewegen?"

Ich wollte ihn anknurren. Stattdessen sah ich erst nach links und dann nach rechts.

„Nein, nein", sagte er, „halte deinen Kopf still. Beweg nur deine Augen."

Das tat ich und es tat weh. *Sehr sogar.* „In Ordnung, was ist, wenn es wehtut?"

Er lehnte sich vor und berührte die Seite meines Kopfes. Ich zuckte zurück.

„Crank, bitte beweg dich nicht", ordnete er ruhig an.

Ich verdrehte meine Augen, bewegte mich aber nicht. Immerhin lernte ich schnell.

Er lehnte sich nah an mich heran und sah mir in die Augen. „Aus deinen Augen tritt keine Flüssigkeit aus. Wenn du etwas in der Art bemerkst, müssen wir sofort einen Krankenwagen rufen."

„Ich werde nicht blind werden, oder?", Es war mir peinlich, dass ich diese Frage gestellt hatte. Plötzlich wünschte ich mir, ich hätte den Reporter nicht verprügelt. Ich war zu jung, um blind zu werden oder eine Hirninfektion zu bekommen. Vielleicht sollte ich jetzt lieber einen Arzt aufsuchen.

Julia fuhr einfach weiter. Es ging inzwischen bergauf, steil bergauf. Wir kamen an Schildern nach Clement, Geary, Anza und dann nach Balboa vorbei. Zumindest konnte ich immer noch lesen – das war ein gutes Zeichen, oder?

Ich drehte mich zurück zu Sean. „Bist du sicher, dass ich nicht zu einem Arzt gehen sollte?"

„Entspann dich, Crank", sagte Julia.

„Es gibt keine Sicherheiten", sagte Sean. „Ein blaues Auge ist vermutlich die einzige Komplikation. Aber es besteht eine geringe Gefahr, dass es zu schlimmeren Folgen kommt."

„Was für Folgen?"

Julia bog in die Cabrillo Street ab und schüttelte dabei leicht ihren Kopf. Sie hatte ein ironisches Lächeln im Gesicht.

„Nichts, worüber man sich Sorgen machen müsste, solange du nicht heftige Kopfschmerzen hast."

Das Problem war, ich *hatte* heftige Kopfschmerzen. Natürlich hatte ich Kopfschmerzen, ich hatte bei der Party viel getrunken und war dann ins Gesicht geschlagen worden. Aber vielleicht hatte Sean recht. Was, wenn es etwas Ernsteres war? „Was ist, wenn ich die habe?"

„Na ja, natürlich wäre der Verlust des Auges ziemlich übel. Und es gab auch schon Fälle, bei denen sich das Auge mit Flüssigkeit oder Blut gefüllt hat. Das wäre schlimm. Aber das ist noch nicht das Schlimmste, das passieren kann."

„Tja, und was zur Hölle ist das Schlimmste?"

„Oh, na ja, das wäre eine intrakranielle Blutung."

Ich schüttelte meinen Kopf, aber die fünfzig Punk Rocker in meinem Kopf fanden das gar nicht gut. „Was bedeutet das? Rede Englisch mit mir, Sean."

„Das ist eine Hirnblutung, aber das Besondere daran ist, dass sie direkt ins Hirngewebe blutet."

„Das Besondere?", rief ich aus. „Sie ist etwas Besonderes? Oh, um Gottes Willen, Sean, hör *auf* damit. Wenn ich schon sterben muss, dann möchte ich es wenigstens unwissend tun."

Julia brach in lautes Lachen aus. „Du wirst nicht sterben, Crank. Du brauchst ein Glas Wasser und ein paar Aspirin."

„Gut. Können wir dann bei einer Apotheke anhalten?"

„Wir sind da", sagte sie.

Da war ein Block mit vier- oder fünfstöckigen Reihenhäusern. Sie parkte gewandt vor einem von ihnen, einem vierstöckigen Gebäude aus blauen Backsteinen und kunstvollem Mauerwerk. Im Erdgeschoss war ein Garagentor neben einer schmalen Treppe und einer Haustür.

Julia saß starr auf ihrem Sitz und hielt das Lenkrad mit beiden Händen fest.

„Was ist los?"

Ihre Augen wanderten schnell zum Haus und dann zu mir, und dann wurde es mir klar. Ich wusste genau, was los war.

„Hey", sagte ich leise. „Ich werde mich benehmen."

Sie schloss ihre Augen und für eine Sekunde sah es aus, als würde sie versuchen, nicht zu weinen. Dann sagte sie, und ihre Stimme war dabei fast ein Flüstern: „Kommt."

Ich streckte meine Hand aus und berührte ihren Arm. „Julia?"

Sie nahm ihre Hände vom Lenkrad und schüttelte sie, als würde sie Insekten verscheuchen wollen, dann öffnete sie die Tür und stieg aus dem Auto aus.

Ich sah über meine Schulter zurück zu Sean. Er zuckte mit den Achseln und sagte mit so lauter Stimme, dass es fast ein Schreien war: „Sie scheint sauer zu sein, Crank."

Ich schüttelte meinen Kopf. „Danke für dein Verständnis."

Irgendetwas war los. Ich meine, ja, Julia und ich hatten ein paar Mal gestritten. Hin und wieder waren es ziemlich heftige Auseinandersetzungen gewesen. Und sie verliefen immer sehr vorhersehbar – großes Getobe, dem dann eine genauso große Versöhnung folgte. Und der Versöhnungssex war immer heiß, das war ein Pluspunkt.

Wenn Julia eines nicht war, dann mürrisch. Ruhig. Zurückgezogen. Nicht seit den ersten Monaten, nachdem ich sie kennengelernt hatte, als ihre Schutzmauern noch dabei waren, einzustürzen. Um ganz ehrlich zu sein? Es begann mich zu verärgern. Ja, ich habe es vermasselt und eine Nacht im Gefängnis verbracht. Aber vielleicht könnte sie zur Abwechslung ja mal verständnisvoll sein? Sie war meine Freundin, um Himmels Willen! Sie war die Frau, die ich liebte. Warum zur Hölle benahm sie sich so?

Du meine Güte. Sean und ich folgten ihr durch die Eingangstür des Hauses. Ich war hinter ihr, konnte aber genug von ihrem Gesicht sehen, um zu erkennen, dass sie ihr falsches Lächeln wie eine Maske aufsetzte.

Sie öffnete die Tür, streckte aber trotzdem die Hand aus und klingelte, dann rief sie: „Hallo!"

Es kam mir komisch vor... Egal, wie lange es her war, dass ich von zu Hause ausgezogen war, ich ging einfach hinein. Aber Julias Familie war nicht wie meine. Ganz und gar nicht. Bei mir zu Hause würde Dad in der Küche herumhantieren, bereit, einen Scherz zu machen oder jedem, der vorbeikam, ein Bier zu spendieren. Nicht so der pensionierte Botschafter Thompson oder seine Frau Adelina. Von dem, was Julia mir erzählt hatte, wusste ich, dass sie niemals wirklich in diesem Haus gelebt hatte, sondern immer nur in den Ferien hier gewesen war. Denn der gesamte Thompson-Clan war erst vor ein paar Jahren hergezogen, als ihr Vater pensioniert worden war – nachdem sie für das College von zu Hause ausgezogen war.

Nach Julias Ruf stapften mehrere kleine Fußpaare die Treppe herunter: vier kleine Mädchen. Alexandra, die Älteste der vier war jetzt dreizehn. Sie hatte goldbraunes Haar, das hübsche grüne Augen umrahmte, und sie sah wesentlich älter aus als noch letztes Jahr. Sie würde die Männer reihenweise zum Umfallen bringen und sie weckte sofort meinen Beschützerinstinkt. Da draußen war eine ganze Welt voller totaler Arschlöcher, Typen wie ich in ihrem Alter, die nichts als Ärger machten. Ich wollte sie davor beschützen.

Alexandra umarmte Julia, aber die Zwillinge kamen direkt auf mich zu und Sarah führte sie an. „Crank!", rief sie und warf sich von der vierten Stufe direkt in meine Arme. Glücklicherweise fing ich sie auf, bevor sie sich das Genick brechen konnte, und das Nächste, an das ich mich erinnere, ist, dass mich beide Zwillinge umarmten und sich an meine Lederjacke klammerten. Das war komisch, denn ich hatte sie zuvor nur zweimal getroffen. Ich denke mal, ich habe einen guten Eindruck hinterlassen.

Andrea, die Jüngste, blieb im Hintergrund. Sie war jetzt sechs und bereits größer als ihre siebenjährigen Zwillingsschwestern. Sie sah aus wie eine jüngere Version von Carrie, die Zweitälteste der sechs Schwestern. Carrie war fast 1,90 m groß, und wenn sie einen Raum betrat, dann begannen die Gardinen zu glimmen und Fenster öffneten sich von allein. Um ehrlich zu sein, sie schüchterte mich total ein. Julia war schön. Sehr sogar. Aber wir alle verblassten im Vergleich zu Carrie, sie war so anmutig, als käme sie von einem anderen Planeten.

Ich folgte Julia und Alexandra die Treppen hinauf, dabei saß jeweils ein Zwilling auf einer Seite meiner Hüfte. Wie gut, dass ich gut gefrühstückt hatte. Na ja, ich hatte natürlich nichts gefrühstückt, also wünschte ich mir, als ich am oberen Treppenabsatz ankam, Folgendes: Erstens, dass ich eine rauchen könnte, zweitens, dass ich niemals in meinem Leben eine Zigarette geraucht hätte, und drittens, dass ich wüsste, wo die Toilette war, damit ich verschwinden und in Ruhe erbrechen könnte. Stattdessen ließ ich die Zwillinge langsam auf den Boden gleiten und schüttelte Richard Thompson die Hand.

Er trug eine braune Cordhose und ein Tweed-Jackett. Dieser Typ kam direkt aus den 1970ern und sah irgendwie aus wie Mister Rogers aus der Mister Rogers' Neighborhood Fernsehserie für Kinder. Außer dass er kalte Augen hatte. Irgendetwas an ihm machte mir Angst. Sogar wenn er lächelte und freundlich war, was fast immer der Fall war, erreichte es niemals seine Augen. Er war merkwürdigerweise völlig anders als seine Frau, die bissig und gemein zu ihren Töchtern war. Zumindest wusste man bei ihr, woran man war.

„Crank", sagte er, „Sie sehen gut aus." Seine Hände waren trocken, er hatte einen festen Händedruck und er sah mir direkt in die Augen, als er das sagte, dabei hatte er eine Augenbraue erhoben.

Ich fühlte mich durcheinander. Sogar ich wusste, dass ich im Moment scheiße aussah. Warum die Lüge? Ich blinzelte und stellte mir vor, dass Julias Vater in einem Clownskostüm an eine Drehscheibe im Zirkus gebunden war und die Zwillinge ihn mit Luftballons voller Farbe bewarfen. Diese Vorstellung brachte mich zum Lächeln. Sehr sogar. Ich erwiderte seinen Händedruck enthusiastisch. „Ja, mir geht es wunderbar, Botschafter Thompson, was ist mit Ihnen? Bekommt Ihnen der Ruhestand?"

Er nickte. „Ziemlich gut. Ich schreibe meine Memoiren."

„Sie haben bestimmt viel zu erzählen, nach der ganzen Reiserei, oder?"

„Sie haben ja keine Ahnung", antwortete er.

„Das ist mein Bruder Sean."

Mr. Thompson streckte seine Hand aus, um Seans zu schütteln. Das war immer ein heikler Moment bei Sean. Händeschütteln ist eine der Sitten, die für ihn nicht viel Sinn ergeben – wir hatten darüber schon früher gesprochen. „Ich verstehe nicht, warum es notwendig ist", hatte er immer gesagt. Dann hatte er alle seine Bedenken angeführt. Die Hände anderer Menschen, vor allem Fremder, sich zu berühren war unhygienisch. Einmal hatte Sean einen ganzen Tag damit verbracht, mir die vielen Infektionsmöglichkeiten, Bakterien, Viren und Pilzerkrankungen zu erläutern, die sich durch Händeschütteln verbreiteten. Alles, was ich in dem Moment denken konnte, war, wenn allein *Händeschütteln* das verursachen konnte, was konnte dann miteinander schlafen alles verursachen? Es dauerte ganze drei Wochen, bis ich wieder in der Lage war, ein Mädchen anzufassen.

Als also Sean Mr. Thompson die Hand schüttelte, konnte ich nur denken: *Lebensmittelvergiftung?* Aber Sean war im Moment nicht daran interessiert, sich über Infektionen zu unterhalten. Denn sobald sie sich die Hand gegeben hatten, sagte er: „Möchten Sie wissen, was wirkliche Ironie ist? Ich habe gelesen, dass es in den 1980ern eine Menge zwielichtiger Geschäfte mit den Mudschaheddin gab, die zur Entstehung der Taliban führten, und die Vereinigten Staaten haben das alles finanziert. Ist es nicht seltsam, dass die Vereinigten Staaten die Leute mit Waffen und Geld ausgestattet haben, die uns später angegriffen haben?"

Ich gebe zu, dass ich große Augen bekam und ich konnte sehen, dass Julia ebenfalls überrascht war. Sean hatte vor uns noch niemals über Politik gesprochen. Und jetzt legte er los wie ein Sturm und fragte Mr. Thompson, ob er die Details der Finanzgeschäfte zwischen den antisowjetischen Rebellen der 1980er, dem CIA und dem Außenministerium kannte.

Mr. Thompson war blass. „Ich kann über solche Dinge wirklich nicht reden", sagte er. „Sie wissen sicher, dass so etwas als geheim eingestuft ist."

„Aber *warum* ist es als geheim eingestuft? Das ist schon sehr lange her. Und es ist im Interesse der Öffentlichkeit, Bescheid zu wissen", fragte Sean in einer Lautstärke, die schon fast als Schreien bezeichnet werden konnte, denn so redete er nun mal.

Ich bin ziemlich sicher, dass der arme Mr. Thompson, der niemals anders, als in einem leisen, kultivierten Tonfall sprach, keine Ahnung hatte, wie er mit diesem lauten, in einer monotonen Art redenden, merkwürdigen Teenager umgehen sollte.

„Lass gut sein, Sean", sagte ich, denn es war klar, dass Mr. Thompson mit dieser Unterhaltung fertig war.

Mr. Thompson trat einen Schritt zurück, er versuchte nicht mal, seine Verärgerung zu verbergen, aber seine Worte waren zuckersüß. „Ich hoffe, Sie verzeihen mir, wenn ich beim Essen nicht dabei sein kann. Ich erwarte einen wichtigen Anruf."

Richard Thompson hatte mich früher schon eingeschüchtert. Seine aufgeblasene Art und seine Missbilligung hatten mich verärgert. Ich hatte mich klein gefühlt, weil er so auf mich herabgeschaut hatte. Aber ich hatte noch niemals blanke Wut gegen ihn verspürt. Nicht bis zu diesem Augenblick. Denn als er die Worte aussprach, wurde Julia ein Stück kleiner, ihre Schultern sanken in sich zusammen, sogar, als sie ihm ein falsches Lächeln schenkte und antwortete: „Kein Problem, Dad, ich weiß, dass du beschäftigt bist."

Der alte Bastard schlich sich wieder in sein Büro und wir waren vom Chaos umgeben, als Carrie ins Wohngeschoss kam und direkt mit ihrer Mutter zusammenstieß, die gerade aus der Küche kam.

„Carrie", schimpfte Mrs. Thompson, „pass auf, wo du hinläufst!"

Carrie richtete sich auf, aber ich konnte sehen, dass sie sich anstrengen musste. So wie sie aussah, war sie so verkatert wie ich – ihr Haar war durcheinander, sie hatte trübe Augen und blasse Haut. Gestern Abend bei der After-Show-Party hatte sie mehr getrunken, als für ein siebzehnjähriges Mädchen gut war. Anscheinend bereute sie es heute Morgen.

Mrs. Thompson drehte sich erst zu Julia um, nachdem sie ihre nächstjüngere Tochter zusammengestaucht hatte. Sie sprach in einem lebhaften, fast freundlichen Ton. „Julia, ich freue mich so, dich zu sehen. Ich habe mir diesen Sommer solche Sorgen gemacht. Du musst mir alles erzählen."

Okay, das war einfach nur merkwürdig. Wirklich merkwürdig. Julia hatte Albträume wegen ihrer Mutter und jetzt war sie auf einmal superfreundlich.

Wie auch immer. Ich folgte ihnen ins Esszimmer, hinter mir kamen Andrea und Alexandra, die Zwillinge flankierten mich, waren meine eigene kleine Ehrengarde. Carrie war gerade dabei, den Tisch zu decken, als wir hineingingen. Elegante kleine Sandwiches, die in Dreiecke geschnitten waren, lagen bereits auf den Tellern. Ich versuchte zu erkennen, was darauf war. Putenbrust und Käse? Ich dachte für eine Sekunde an meinen Magen, versuchte zu entscheiden, ob ich in der Lage sein würde, etwas zu essen, und beschloss dann, ja, das würde ich.

Als wir hineinkamen, wanderten Carries Augen zu Sean. Sie hatten sich kurz auf der Party am Abend zuvor getroffen. *Direkt bevor ich verhaftet worden war.* Jetzt sah Carrie erst Sean an und dann wieder weg, ihre Wangen wurden ein bisschen rot.

Das war komisch. Hatte er etwas Anstößiges zu ihr gesagt? Denn es konnte nicht sein, dass…

Jetzt, wo ich so darüber nachdachte, schaute ich mir meinen Bruder genauer an. Er hatte ungefähr

Carries Größe, knapp 1,90 m, und er hatte in den letzten neun Monaten viel trainiert. Zu Beginn dachte ich, es wäre sonderbar, bis mir klar geworden war, dass sein hartes Trainingsprogramm dazu diente, die Bullys in der Schule abzuschrecken. Er hatte kräftige Muskeln auf der Brust und an den Armen entwickelt. Sein kurz geschnittenes Haar umrahmte seine blauen Augen. Er sah… nicht so aus, wie ich ihn mir vorstellte. Er sah wie ein junger Mann aus. Sean war mein kleiner Bruder. Wenn ich ihn anschaute, dann sah ich seine Ausraster vor mir. Ich sah, wie er um einen ganz normalen Umgang mit anderen Menschen kämpfte. Ich sah den Jungen vor mir, der geweint hatte, nachdem die Arschlöcher an seiner Schule seine Lieblingsmütze ins Klo gestopft hatten.

Anscheinend sah Carrie etwas anderes.

Andrea hielt sich zurück, als wir den Raum betraten, aber die Zwillinge rannten auf den Tisch zu. Jessica, die die gleichen braunen Haare und grünen Augen wie Alex hatte, hielt sofort an, als ihre Mutter etwas sagte. Aber Sarah… mit schwarzen Haaren, blassblauen Augen und ausdrucksvoller Haltung, kletterte direkt auf ihren Stuhl und griff nach einem Sandwich.

Als Andrea und Jessica sahen, dass Sarah sich über das verbotene Essen hermachte, erstarrten sie. Carries Augen wanderten schnell zwischen Sarah und ihrer Mutter hin und her und Julia schüttelte einfach nur den Kopf.

„Junge Dame!", schrie Mrs. Thompson so laut, dass es fast die Fenster zum Zerspringen brachte.

Sean bewegte seine Hände zu seinen Ohren, so als ob er die Schallwellen von sich abhalten wollte, Sarah rief zurück: „Hunger!", und stopfte sich das Sandwich in den Mund.

Lassen Sie mich Ihnen etwas erzählen. Früher hatte ich mit Wheezy und Gearhead und Lenny auf Friedhöfen herumgehangen und die Zeit totgeschlagen, und manchmal hatten wir uns mit allem bekifft, was wir uns leisten konnten. Es war alles nur Spaß und Spiel und wenn die Cops vorbeikamen, rannten wir wie der Teufel durch die Grabsteine, nahmen Abkürzungen durch Gärten und um Häuser herum, um ihnen zu entkommen. Die Hälfte des Spaßes war, die Cops zu überlisten. Aber egal, darum geht es nicht. Es geht darum, dass ich eines Tages wieder durch die Grabsteine rannte und die Nacht zuvor hatte es geregnet, also war der Boden rutschig. Ich spürte, wie mein Fuß unter mir wegrutschte und ich weiterschlitterte, dann rammte ich eine Mauer. Mir blieb die Luft weg, was nicht schlimm war, aber ich wurde fast gefasst, und das war schlimm. Aber dann hörte ich, wie der Cop hinter mir auch ausrutschte und er kam nicht so sachte auf wie ich. Er traf mit einem lauten Krachen auf etwas und schrie auf.

Oh scheiße, dachte ich. Ich verursachte ja schon viel Ärger, aber mein Dad war ein Cop. Und dieser Typ war vermutlich auch jemandens Dad. Plötzlich war das kein Spiel mehr. Ich lugte hinter dem Grabstein hervor und da war er. Ein Cop aus Cambridge und schlimmer noch, ich kannte ihn. Officer Brandon McCaffrey. Ja, ich kannte ihn. Er kannte meinen Dad. Sie waren alle eine große Familie. Und seinem Gesicht nach zu schließen hatte Officer McCaffrey große Schmerzen.

Ich konnte ihn nicht allein lassen. Also rutschte ich um den Grabstein herum und sagte: „Scheiße. Lassen Sie mich Hilfe holen."

Schlechte Idee. Verstehen Sie, ich hatte nicht nachgedacht. Officer McCaffrey hatte ein Funkgerät und war natürlich in der Lage, Hilfe herbeizurufen. Er hatte auch seinen Schlagstock dabei und er war ziemlich gut darin, ihn zu benutzen. Obwohl er auf dem Rücken lag und einen gebrochenen Knöchel hatte, schaffte er es, mich mit besagtem Schlagstock an der Schläfe zu treffen und mich k. o. zu schlagen. McCaffrey arbeitete den Rest des Winters an einem Schreibtisch. Ich verbrachte zwei Nächte im Krankenhaus und zwei Wochen im Gefängnis.

Und sein eisiger, mörderischer Gesichtsausdruck, bevor er mich k. o. schlug? Genau den gleichen Gesichtsausdruck hatte Adelina Thompson, als sie auf Sarah zuging, die bis dahin das ganze Sandwich gegessen hatte.

Man konnte es ihr nicht verdenken. Sarah war absichtlich aufmüpfig. Und dann wurde alles nur noch schlimmer. Denn als Adelina begann, auf sie loszugehen, hüpfte Sarah auf den Tisch und rannte um ihr Leben. Ihre kleinen Füße warfen einen Teller mit einem Sandwich um, dann einen Krug voll Milch – mal ehrlich, wer füllt Milch in einen Krug? – und das Geschirr bewegte sich schneller als sie. Sie begann auf dem Tisch in der Milch herumzuschlittern, direkt auf Carrie zu, deren Augen ganz groß geworden waren.

„Junge Dame!", kreischte Adelina.

Sean, der es bis jetzt nur geschafft hatte, eines von Julias Elternteilen tödlich zu beleidigen, entschied, dass es Zeit wurde, mit dem anderen Elternteil weiterzumachen. Er schrie aus vollem Hals: *„Lasst uns alle anfangen zu kreischen!"*

Jessica und Andrea brachen beide in Tränen aus und eine erstaunte Adelina vergaß Sarah, die dadurch entkam, dass sie die volle Länge des Tisches entlang rutschte und am Ende gegen Carrie stieß. Carrie ergriff sie, schwang sie zu Boden und Sarah rannte zur Tür hinaus. Adelina starrte Sean mit offenem Mund an und ich sagte: „Sean, hör auf!"

Julia rannte auf Sean zu und tat etwas, bei dem, soweit ich es hatte beobachten können, bisher nur meine Mutter erfolgreich gewesen war. Sie legte ihre Hände auf Seans Schultern und sah ihm so gut sie konnte in die Augen, er war immerhin fast einen Kopf größer als sie. „Sean. Beruhige. Dich." Ihre Stimme war fest, ruhig und liebenswürdig; sie zu hören, ließ mir Tränen in die Augen steigen, denn in letzter Zeit hörte ich von ihr immer nur eine Stimme voller Stress, Wut und Traurigkeit.

Sean holte Luft und schloss seine Augen. Es wurde ruhig.

Rede mit mir (Julia)

Ich schaute mir das Chaos, das Sarah hinterlassen hatte, für etwa fünf Sekunden an. Eine Mischung aus Milch und Senf war von der Mitte des Tisches bis zu seinem Ende verteilt. Ein impressionistisches Gemälde, gemalt von einer exzentrischen Malerin mit Primärfarben und einem Pinsel aus Keds-Sneakers. Das Muster setzte sich auf dem Boden fort und führte durch die Esszimmertür.

Sean hatte tief Luft geholt und aufgehört zu schreien. Meine Mutter aber, sie war gerade wieder dabei anzufangen und sie wusste nicht, dass alles, was sie jetzt tun würde, es nur noch schlimmer machen würde. Crank sah total verkatert und gereizt aus, er würde also auch keine Hilfe sein.

„Mutter, ich glaube, wir sollten das Essen einfach ausfallen lassen. Ich werde mit Carrie nach oben gehen und ihr helfen, fertig zu packen. Sean und Crank, denkt ihr, ihr könnt schon mal zum Auto gehen und alles für Carries Sachen vorbereiten?"

Ich hob meine Augenbrauen, während ich Crank ansah, hoffte entgegen aller Hoffnung, dass er kapierte, was ich meinte. Es würde nicht lange dauern, bis sie fertig waren, aber darum ging es nicht. Es ging darum, meine Mutter und Sean so schnell wie möglich zu trennen, bevor einer von ihnen etwas Unverzeihliches sagen würde.

Crank nickte und ich atmete erleichtert auf. „Komm, Sean", sagte er und die zwei gingen die Treppe hinunter.

Meine Mutter sah mich an, sah alarmiert aus. „Julia, was – "

Ich hielt meine Hand hoch. „Mutter... hör... einfach auf. Frag nicht."

Sie kniff ihre Augen zusammen und öffnete ihren Mund, um etwas zu sagen, das unzweifelhaft scheußlich sein würde.

„*Bitte*, Mutter. Es ist alles gut. Lass mich dir helfen, hier aufzuräumen, okay?"

Sie sah mich verächtlich an. „Nein. Geh du mit Carrie. Alle anderen... raus!"

Das musste sie mir nicht zweimal sagen. Ich folgte Carrie dicht auf den Fersen aus dem Zimmer. Wir waren beide Lichtjahre hinter den jüngeren Mädchen, die es geschafft hatten, spurlos zu verschwinden. Und das war auch wirklich kein Wunder. Ich versuchte, meiner Mutter bei jeder sich bietenden Gelegenheit zu entkommen.

Seit Weihnachten war ich nicht mehr in Carries Zimmer gewesen, aber es sah noch fast genauso aus. An der Wand hing ein großes, schwarzes Poster, auf dem ein grüner Planet abgebildet war, der seine Zunge rausstreckte, als ob Planeten Zungen hätten, und darüber stand in großen Buchstaben: „DON'T PANIC". Ihre Bücherregale waren doppelt und dreifach beladen, die Bücher standen in allen Richtungen darin. Der Schreibtisch war aufgeräumt, wenn man genauer hinsah, würde man bemerken, dass bestimmte Dinge und Andenken fehlten. Ihr Kleiderschrank, der offen stand, war fast leer. Sie war offensichtlich bereit zu gehen.

Sie hatte nur zwei Koffer, aber einer davon war sehr groß.

„Ich muss nur noch ein paar Sachen einpacken", sagte sie.

„Lass dir Zeit", murmelte ich. Ich lehnte mich gegen das Fenster und schaute hinaus auf die Cabrillo Street. Crank und Sean hatten den Kofferraum des Mustangs geöffnet und räumten ihn aus. Ich schaute auf den Kofferraum und dann auf Carries Koffer. Das sollte gehen.

„Was ist mit dir und Crank los?", fragte sie.

„Was?"

Sie zog an dem Reißverschluss des einen Koffers, versuchte, so gut es ging, ihn zu schließen. Er widersetzte sich. Ich ging zu ihr hinüber und hielt den Koffer fest.

„Versuch nicht, mich abzulenken, Julia."

Ich zuckte mit den Schultern. „Wir haben... Es..." Ich schloss meine Augen, denn ich wusste nicht, wie ich es sagen sollte.

Sie ließ den Koffer los. „Julia? Rede mit mir."

Ich schüttelte meinen Kopf. „Wir haben einfach... Es war schrecklich. Die Tour." Zu meinem Entsetzen spürte ich, wie mein Hals eng wurde. Unberechtigte, ungewollte Tränen, die außer Kontrolle waren, bahnten sich ihren Weg nach oben. Ich unterdrückte sie.

„Was war schrecklich?", fragte sie.

Ich wusste nicht, wo ich anfangen sollte. Es hatte alles mit einem dummen Streit begonnen. Crank war eines Tages sauer geworden, als er sah, wie ich mich mit Preston Reeve unterhalten hatte. Ich ertappte mich dabei, wie ich den Kopf schüttelte. „Es ist... Es ist kompliziert. Wirklich kompliziert. Ich werde dir später alles erzählen, okay? Lass uns jetzt nur einfach gehen."

Sie nickte. „In Ordnung. Aber wir werden darüber reden, bevor alles vorbei ist, okay?"

Wir schlossen ihre Koffer, gingen dann nach unten, um uns zu verabschieden und das Auto zu beladen. Ich hatte vermieden, das auszusprechen, was ich wirklich nicht sagen wollte. Etwas, das unsere Reise ruinieren und mir das Herz brechen würde. Nämlich, dass ich dachte, ich könnte nicht länger mit Crank zusammen bleiben, und dass diese Reise unser Abschied sein würde.

KAPITEL 2

Head on Collision

Ich kann dich nicht hören (Julia)

„Bist du verrückt?"

Ich hätte die Frage nicht gestellt, aber Crank war nach links falsch herum in eine Einbahnstraße abgebogen. Das führte zu einem Hupkonzert der Autos, die wie eine Wand vor uns auf der sehr steilen Straße standen, und zu Schreien von der Rückbank. Die Schreie hörten nicht auf, als Crank „Ihr könnt mich alle mal", rief, den Rückwärtsgang einlegte und zurück auf den Geary Boulevard und teilweise auf den Bürgersteig fuhr. Wir hielten allerdings abrupt an, als die hintere Stoßstange gegen einen Telefonmast stieß.

Crank holte langsam Luft und sah dann zu mir herüber. „Tut mir leid."

„Bist du nüchtern? Nüchtern genug, um zu fahren?" Mein Herz klopfte wie verrückt. Ich wusste, dass mein Tonfall schroff war. Ich klang wie meine Mutter.

Ich hatte noch niemals in meinem Leben so viel Angst gehabt.

„Ja, es ist nur... Diese Stadt... Gott...“

Carrie, die hinter Crank saß, lehnte sich vor und legte eine Hand auf seine Schulter. „Es ist okay... Das ist eine verwirrende Stadt. Wenn du hier geradeaus fährst und dann nach rechts auf die Van Ness abbiegst, kommen wir dahin, wo wir wollen, okay?“

Er nickte. „Ja. Alles klar. Danke.“

Sean hinter mir sagte: „Ich bin mir nicht so sicher. Der Restalkohol kann einen sogar noch Tage lang beeinflussen, und Crank ist nicht gerade der Stabilste.“

„Hör auf damit, Sean!“ Cranks Stimme war angespannt, aber er klang auch so sehr wie sein Dad Jack, dass ich fast zweimal hinhören musste. Verärgerung stand ihm ins Gesicht geschrieben, als er wieder losfuhr und sich in den Verkehr einordnete, diesmal in der richtigen Richtung.

Ich lehnte meinen Ellbogen an den Fensterrahmen und versuchte, nicht zu schauen. Versuchte, nicht zu denken. Zu viel Denken würde mich wieder genau nach unten in das verworrene Desaster ziehen, dass dieser Sommer gewesen war. Also starrte ich aus dem Fenster, während Crank uns die I-80 nach Norden und auf die Bay Bridge fuhr. Es war einfacher, deswegen nicht mehr zu streiten. Es war einfacher, nicht darüber nachzudenken, vor allem nicht darüber nachzudenken, wie groß meine Angst war. Angst, dass ich ihn verlieren würde. Angst, dass ich das nicht würde.

Alles was ich tun musste, war, meine Augen zu schließen und an die After-Show-Party in Dallas zu denken, um eine Katastrophe nach der anderen zu sehen. Cranks plötzliche, unerklärliche Eifersucht. Wie die Groupies seinen Namen schrien. Der schmerzvolle, traurige Ausdruck auf seinem Gesicht und wie er sich von mir weggedreht hatte. Alles was ich tun musste, war, meine Augen zu schließen, um seine Hand auf dem Po der Blondine zu sehen.

Die Tränen zurückhaltend starrte ich zur Seite hinaus. Das Geländer der Bay Bridge flog an uns vorbei, Wellen und Schaumkronen lagen tief unter uns. Im Süden, auf der anderen Seite der Bucht, konnte ich in der Ferne Wolken erkennen, dunkle Wolken. Sie sahen nach Regen aus und ich hoffte, wir würden nicht in ein Gewitter geraten. Ich hatte dieses Jahr schon genug Gewitter gehabt.

Ich blickte über meine Schulter nach hinten. Sean lehnte sich in seinem Sitz zurück und starrte auf die obere Ebene der Brücke über uns. Er hatte seine Arme vor der Brust verschränkt und er saß, so weit es möglich war ohne das Auto zu verlassen, von Carrie entfernt. Letzte Nacht hatte er sich wirklich aufgeregt, als die Fotografen uns überfallen hatten. So sehr, dass Crank ausgerastet war und auf einen der Fotografen eingeschlagen hatte, was dazu geführt hatte, dass er verhaftet worden war.

Sean und Carrie schienen sich während der Party gut verstanden zu haben, aber jetzt sah er so aus, als ob er am liebsten aus dem Auto gekrochen wäre, um sich von ihr zu entfernen. Sie selbst schaute zur anderen Seite hinaus auf die Brücke, hatte ebenfalls vor der Brust verschränkte Arme und eine gerunzelte Stirn. Ihr Haar wurde in alle Richtungen geweht.

„Carrie?", sagte ich.

Sie sah zu mir herüber, hatte einen verärgerten Gesichtsausdruck. „Geht's dir gut?", fragte ich.

Sie bewegte sich ruckartig, bekam große Augen, nahm ihre Arme von der Brust, zuckte mit den Schultern und breitete dann ihre Arme aus, so als ob sie sagen wollte: „Was zur Hölle ist los mit dir?"

„Was?", fragte ich.

Sie berührte ihre Ohren und lehnte sich dann nah an mich heran. „Ich kann dich nicht hören!", schrie sie. „Es ist ziemlich laut hier, wenn das Dach offen ist."

Dann lehnte sie sich nah an Sean heran, der aussah, als würde er gleich aus dem Auto hüpfen. Ich konnte nicht hören, was sie sagte, aber ich konnte sehen, wie sich ihre Lippen bewegten. Er nickte, dann antwortete sie etwas. Sie lachte. Schön. Zumindest die beiden kamen miteinander aus.

Während wir weiterfuhren, sah ich zurück über die Bucht. Zwischendurch blickte ich immer mal wieder nach hinten und irgendwann sah ich, wie sich beide über seinen Reiseführer beugten. Crank und ich sagten kein Wort. Die dunklen Wolken zogen über uns hinweg und Crank hielt an, um das Verdeck zu schließen.

Wir fuhren im Regen weiter.

So in etwa (Crank)

„Du biegst zu früh ab", sagte Sean.

„Ja, ich weiß", antwortete ich. „Aber ich muss tanken, oder das wird eine ziemlich kurze Reise werden." Es war zwei Uhr nachts und ich musste eine Tankstelle finden und ein Hotel, in dieser Reihenfolge. Julia hatte sich zusammengerollt und gegen die Beifahrertür gelehnt, und soweit ich das erkennen konnte, schlief Carrie auf dem Rücksitz. Seit Stunden hatte keine der beiden ein Wort gesagt… Julia, weil sie immer noch sauer auf mich war, und Carrie aus stiller Sympathie mit ihrer älteren Schwester.

Da waren wir nun also, um zwei Uhr nachts, in Richtung Süden auf der I-5 irgendwo in Südkalifornien, und die Tankanzeige zeigte „leer". Auf dem Schild vor der Ausfahrt hatte „Benzin, Essen und Unterkunft – Ausfahrt Nr. 242" gestanden, es konnte also nicht mehr weit sein, aber als ich die Ausfahrt entlangfuhr, bekam ich ein wenig Panik. Warme Luft blies mir entgegen und alles, was ich in der Dunkelheit sehen konnte, waren Sand, Büsche und eine dunkle Ebene, die sich kilometerweit hinzog. Ich hatte schon vor Stunden angehalten, um das Verdeck nach dem Regenguss wieder zu öffnen.

„Scheiße", murmelte ich.

„Ich denke, du solltest zurück auf den Highway fahren", sagte Sean. In seiner Stimme schwang etwas Angst mit.

„Ist schon gut, Sean. Du hast das Schild gesehen, darauf stand Benzin und Essen und so. Wir müssen vermutlich nur ein kleines Stück fahren."

In der Dunkelheit war die Nacht ruhig, das einzige Geräusch waren das leise Surren des Motors des Mustangs und der Wind, der durch die Büsche blies. Uns kamen keine Autos entgegen.

Ich hätte zurück zum Highway fahren können und hoffen, dass es an der nächsten Ausfahrt eine Tankstelle gab.

Ich hätte an dieser Landstraße, die anscheinend irgendwo im Nichts lag, nach rechts oder links abbiegen und darauf vertrauen können, dass sie mich irgendwohin brachte.

Ich hätte Julia wecken können, denn sie hatte die Karte, und sie hätte mir sagen können, wo zum Teufel wir uns befanden.

Ich seufzte und schloss meine Augen. Ich bog nach links ab, denn das war zumindest grob die Richtung, in der Texas lag, und begann weiterzufahren.

„Ich habe ein ungutes Gefühl hierbei", sagte Sean.

„Entspann dich, Sean."

Also fuhr ich weiter. Und weiter. Und noch weiter. Die Straße verlief kerzengerade zwischen Feldern, auf denen anscheinend nichts anderes gedieh als Staub und dürre Büsche. Und zwanzig lange Minuten später sah ich endlich Licht am Horizont vor uns. Helles Licht. Das musste eine Tankstelle, eine Stadt oder so etwas sein.

Ich atmete erleichtert auf und gab ein wenig Gas. Langsam wurde das Licht heller und heller und schließlich konnte man hoch über den Büschen und dem Sand ein Schild sehen – 76, eine Tankstellenkette. Ich fuhr optimistisch auf den Parkplatz und erkannte sofort das Problem.

Die Lichter innerhalb des Ladens und unter dem Dach waren abgeschaltet. Die Tankstelle war *geschlossen*.

Ich stöhnte. „Wirklich?", murmelte ich. Vielleicht funktionierten die Zapfsäulen trotzdem. Ich stellte den Motor ab, in der Totenstille der Nacht konnte ich das leise Ticken des Motors in der Hitze hören. Julia bewegte sich ein wenig und ich wollte sie *wirklich* nicht wecken, also stieg ich aus und ging zur Zapfsäule hinüber. Sie war auch abgeschaltet.

Ich wollte laut schreien: „Das ist nicht meine Schuld."

Stattdessen öffnete ich die Autotür und stieg wieder ein.

Julia bewegte sich erneut und fragte mit der wärmsten Stimme, mit der sie seit drei Wochen zu mir gesprochen hatte: „Hmmmmm… ist alles okay?"

Ich lehnte mich nah an sie heran und flüsterte: „Es ist alles gut, Babe. Wir sind nur tanken."

„Nenn mich nicht so", murmelte sie, immer noch schlafend.

„Wo fahren wir jetzt hin?", fragte Sean in seiner normalen fast Megafonlautstärke.

„Schhhh", zischte ich. Ich ließ den Motor an und fuhr aus der Tankstelle. „Wir fahren einfach bis zur nächsten Tankstelle. Eine muss ja offen sein."

„Ich denke nicht…"

„Lass gut sein, Sean."

Bis zur nächsten Tankstelle konnte es nicht weit sein. Das *konnte* es einfach nicht. Ich meine, mal ernsthaft, was machten die Leute, die hier wohnten? Wir würden einfach bis zur nächsten großen Kreuzung oder so was weiterfahren und dort tanken. Ich hielt mich an diesem Gedanken ganz fest, denn etwa zehn Minuten später, ich fuhr knapp hundert Stundenkilometer, spürte ich, wie der Motor ruckelte. Einmal. Zweimal. Dann rollten wir fast lautlos den geraden Highway entlang, nur noch vom Schwung getragen. Die Armaturenbeleuchtung wurde etwas dunkler, als der Motor ausging.

Ich versuchte, so schnell zu denken, wie ich konnte. Ich musste das Auto von der Straße runter bringen, *solange* es noch Schwung hatte, oder Sean und ich würden es schieben müssen. Ich lenkte das Auto auf den Seitenstreifen und sofort holperte es über losen Schotter und verursachte eine Staubwolke in der Dunkelheit. Ich ließ das Auto so weit wie möglich rollen, zehn, zwanzig, hundert Meter, bevor es schließlich von allein stehen blieb.

Es war ruhig, nichts als Dunkelheit und Sterne am Himmel, ein leichter Wind blies durch die Büsche. Irgendwo in der Ferne konnte ich eine Grille hören, dann noch eine, und je länger wir dort standen, desto lauter und lauter wurden die Geräusche der Nachtvögel und anderer Tiere. Gab es in Kalifornien Kojoten? Pumas? Jetzt, wo ich so darüber nachdachte, was waren Kojoten eigentlich? Ich begann Sean zu fragen, wohl wissend, dass ich riskierte, mir eine Doktorarbeit anzuhören, aber ich wurde davon unterbrochen, dass Julia sich bewegte.

„Wo sind wir?", lallte sie.

Mit der selbstsichersten Stimme, die mir möglich war, sagte ich: „In der Nähe von Lost Hills. Ich halte nur an, um mich ein wenig auszuruhen."

Sie murmelte etwas in sich hinein, das verdächtig nach „Hotel" klang, aber ich ignorierte sie, bis Sean seinen Senf dazu gab.

„Ich denke, sie hat gesagt, wir sollten uns ein Hotel suchen."

Ich verdrehte meine Augen und sah Sean an, dann sagte ich in einem dringlichen Flüstern: „Richtig. Ich bin mir sicher, dass sie das gesagt hat, Sean. Aber im Moment kann ich nicht viel tun."

„Sie wird sehr sauer werden", bemerkte er in seiner normalen zu lauten Stimme.

„Sauer worüber?", murmelte Carrie vom Rücksitz.

Alle hassten mich.

Julia bewegte sich erneut. „Was ist los?"

„Nichts ist los", antwortete ich.

„Außer dass du anscheinend über irgendetwas sauer sein wirst. Oder vielleicht geht es auch um mich, es ist nicht klar, wer gemeint ist", sagte Carrie.

„Ich denke nicht, dass es unklar ist", merkte Sean an.

Julia streckte sich und setzte sich auf. „Wo sind wir nochmal?" Sie schaute sich in der Dunkelheit um.

„In der Nähe von Lost Hills", sagte ich.

Carrie drehte sich zu Sean um. „Nein, es ist ganz eindeutig unklar. *Sie* konnte Julia oder mich meinen. Aber wer war es? Wer wird sauer sein?"

Ich verdrehte meine Augen. „Es ist egal", sagte ich.

„Vielleicht", sagte Julia. „Was zur Hölle ist los, Crank?"

„Nichts. Rein gar nichts."

„Außer", ergänzte Sean, „dass wir kein Benzin mehr haben."

„Tja, das stimmt", gab ich zu. „Aber das ist kein großes Problem; es muss irgendwo eine Tankstelle geben."

Julia schüttelte ihren Kopf. „Wir haben kein Benzin mehr?"

„So in etwa."

Sie grunzte. „Wo ist die Karte?"

Ich sah mich um, konnte sie aber nicht sehen. „Ähm, keine Ahnung."

Jetzt war sie hellwach. „Aber du weißt, wo wir sind, ja?"

„In etwa."

Julia schlug ihren Kopf gegen das Armaturenbrett. Sie holte tief Luft. „Also... wir sind... irgendwo. Ohne Benzin. Nicht auf dem Highway. Und wir wissen nicht genau, wo wir sind. Oder wo die nächste Tankstelle ist. Oder das nächste Hotel. Stimmt das?"

Ich schluckte.

Sean war so hilfreich wie immer. „Die nächste Tankstelle liegt einige Kilometer hinter uns, aber sie war geschlossen."

Julia lehnte sich gegen die Tür. „Ich werde jetzt weiterschlafen. Weck mich auf, wenn ich in Boston in meinem Bett liege."

KAPITEL 3

Life in the Fast Lane

Nicht wie du (Julia)

"Rede mit mir, Schwesterherz", sagte Carrie.

Die Sonne war fast aufgegangen, der Himmel war in schöne, blasse Blau- und Grüntöne getaucht. Crank und Sean waren knapp hundert Meter von uns entfernt, sie liefen zu Fuß den Highway entlang, Crank hatte einen Benzinkanister dabei. Carries Aussage kam also nicht ganz unerwartet. Ich hatte es schon seit Stunden vermieden, darüber zu sprechen. Ich wusste, dass es irgendwann so weit sein würde. Ich wusste, dass ich irgendwann darüber sprechen musste. Ich wusste aber auch, dass ich noch nicht bereit dazu war. Ich war noch nicht bereit dazu, ihr zu sagen, wie ich mich fühlte, wie sehr es wehtat, wie verdammt *schrecklich* die Tour diesen Sommer gewesen war. Und das Schlimmste war, weder ich noch Crank waren in der Lage gewesen, darüber zu reden.

Während Crank und sein Bruder sich entfernten, setzten Carrie und ich uns auf die Motorhaube und sahen ihnen hinterher.

Ich seufzte. „Okay, na dann. Wo soll ich anfangen?"

„Am Anfang?", Carrie war immer logisch veranlagt.

Ich schüttelte meinen Kopf. „Manchmal ist es schwer zu verstehen, wo eine Geschichte beginnt."

„Warum erzählst du mir dann nicht von der Tour? Denn das letzte Mal, als ich euch zusammen sah, konntet ihr nicht aufhören, euch zu berühren. Was zur Hölle ist diesen Sommer geschehen, Julia?"

Ich lehnte mich auf der Motorhaube zurück und schaute hinauf in den Himmel, der nun blaue Streifen hatte, während die Sonne langsam zum Vorschein kam. Ich schniefte einmal. „Es war ein wirklich harter Sommer."

„Was ist verdammt noch mal passiert, Julia?"

Mir war schlecht. Es war so, als ob es schlimmer werden würde, wenn ich es laut aussprach. Als ob es laut auszusprechen dazu führen würde, die letzte Chance auf Klärung zu zerstören.

„Spuck's aus, Julia. Was hat er gemacht? Ich bringe ihn um, wenn er dir wehgetan hat."

Ich schüttelte meinen Kopf. „Nicht so... Es ist nur... Okay..." Ich sackte in mich zusammen. Ich wollte nicht reden. Ich wollte nichts anderes tun, als irgendwo in ein Bett zu kriechen und mich auszuruhen.

„Manchmal denke ich einfach, dass wir zu jung für so etwas... Ernstes sind. Ich weiß auch nicht. Ich liebe Crank, aber... Okay, im Juni flogen wir nach Vegas, um Allen zu Beginn der Tour zu treffen."

„Ich erinnere mich."

Während ich auf dem Auto saß und sie die meiste Zeit nicht ansah, sondern mit meinem Haar spielte oder hinauf in den heller werdenden Himmel schaute, begann ich stockend, Carrie die Geschichte zu erzählen.

Ich werde die ersten Eindrücke, als wir in Vegas ankamen, niemals vergessen. Ich hatte vor unserem Abflug wochenlang per Telefon und via e-Mail mit Preston Reeve, dem Manager von Allen Roarks Band, zusammen gearbeitet. Preston war bei allem sehr hilfreich gewesen, und das war sehr wichtig. Denn obwohl ich bis dahin gute Arbeit beim Managen von Cranks Band geleistet hatte, hatte ich doch nicht so wirklich gewusst, was ich tat. Preston war schon seit zehn Jahren Manager von Roarks Band. Er wusste, wie die Dinge liefen, er wusste, wie man mit den Mitarbeitern der Veranstaltungshallen, den Hotels und den Plattenfirmen umgehen musste. Und vor allem war er ein Profi, deshalb war es keine große Überraschung, als er uns am Flughafen abholte. Zumindest nicht für mich.

Crank war jedoch überrascht gewesen. Während unseres Fluges nach Vegas und auch während der Planung der Tour hatte er nicht ein einziges Mal nach den Reisevorbereitungen gefragt oder danach, wo wir schlafen würden oder was wir tun würden. Er hatte das alles ganz natürlich mir überlassen, und das war okay für mich gewesen. Immerhin gehörte das zu meinen Aufgaben als Managerin der Band. Anscheinend hatte er es alarmierend gefunden, dass wir, als wir aus dem Sicherheitsbereich des Flughafens in Las Vegas traten, von Preston in Empfang genommen wurden.

Preston war ein großer, fetter Typ. Er hatte, so wie ich, in Harvard studiert, allerdings hatte er 1993, also zehn Jahre vor mir, seinen Abschluss gemacht. Er trug eine blaue Anzugjacke mit einem Hemd mit offenem Kragen und verwaschene Jeans, und er hatte einen einzigen türkisfarbenem Stecker im Ohr. Der Ohrstecker wurde durch kurz geschnittenes braunes Haar und blasse blaue Augen hervorgehoben. Für jeden anderen sah er cool, professionell und freundlich aus. Er kam mit einem netten, schiefen Grinsen auf uns zu und hatte einen warmen, festen Händedruck. „Julia? Crank? Ich bin Preston Reeve."

Er und Crank musterten sich sofort und ich konnte sehen, dass keiner mochte, was er sah, aber wir schafften es sicher zum Ausgang. Wir holten unser Gepäck und gingen hinaus zur wartenden Lincoln Town Car-Limousine. Preston nahm auf dem Beifahrersitz Platz und ich und Crank rutschten auf die Rückbank.

„Also, Allen sagte, ihr seid fantastisch", sagte Preston zu Crank.

Crank grunzte und sagte dann: „Sie gehören zu seinen Leuten?"

Ich legte eine Hand auf Cranks Knie. „Preston managt die Roark Band. Er war mir bei der Planung der Tour eine große Hilfe."

„Ach ja?", sagte Crank und runzelte die Stirn. „Preston, von wo kommen Sie? Ich kann Ihren Akzent nicht zuordnen."

„Connecticut", antwortete Preston ruhig. „Ich habe in Harvard studiert, bin dann aber in den Westen gegangen... Ich wollte schon immer in der Entertainmentbranche arbeiten."

„Harvard, hä?", sagte Crank. Er sah eindeutig unbehaglich aus. „Sie und Julia haben sich also bestimmt viel zu erzählen gehabt. Während Sie uns... ähm... geholfen haben."

Ich konnte nicht anders, ich verdrehte meine Augen. Cranks Nasenlöcher bebten tatsächlich ein bisschen.

Preston bemerkte nichts von Cranks mentalem Zusammenbruch. „Ein wenig", antwortete er. „Die Dinge haben sich in zehn Jahren sehr verändert, aber es gibt dennoch eine Verbindung zwischen den Menschen, die dort studiert haben." Er lächelte mich warm an. Köstlich.

„Richtig. Ich war eine Ratte am Pit", sagte Crank. „Ich weiß natürlich nichts davon."

„Crank", murmelte ich.

„Ja, richtig, Sie kommen aus Boston. In welchen Clubs haben Sie dort gespielt?"

Crank zuckte mit den Schultern. „Metro. Bill's."

„Nicht im ‚Rat'?"

„Das ‚Rat' hat geschlossen, schon seit Jahren. Sie haben es in ein verdammtes Hotel umgebaut."

Die Unterhaltung ging weiter, war nicht offen feindselig, aber auch nicht freundlich. Und das blieb auch die nächsten Tage so. Die Band war damit beschäftigt, zu proben und sich dann am Samstag auf den Auftritt im Stadion vorzubereiten. Im *Stadion*. Denn es war ausverkauft, mehr als 35.000 Karten waren für das

Sam Boyd Stadion verkauft worden. Bis zu dem Samstag war das größte Konzert, das Morbid Obesity je gegeben hatte, vor ein paar Tausend Menschen gewesen.

Ich musste mich um gefühlte Millionen Details kümmern. Händler. T-Shirts. Roadies und wo das Equipment untergebracht werden sollte. Umkleideräume für die Band. Jemand hatte Bier über eine offene Kiste mit Mikrofonen geschüttet. Zum Glück konnten altmodische Mikrofone fast alles vertragen, das hieß, sie würden funktionieren, wenn sie erst mal gereinigt und getrocknet waren... Aber in der Zwischenzeit musste ich ein offenes Musikaliengeschäft suchen und Ersatz für die Mikrofone organisieren, bis sie wieder funktionierten. Ich lief herum wie eine Verrückte und hatte definitiv keine Zeit, Crank zu babysitten, der in dem Moment, in dem Preston aufgetaucht war, zu einem riesigen Idioten mutiert war.

Ich plante zwei Treffen mit Preston, eines um vierzehn Uhr und eines um neunzehn Uhr, um sicherzustellen, dass wir uns um alle Details, die in letzter Minute zu regeln waren, kümmern konnten. Ich musste mich mit ihm treffen, denn rein *gar nichts* lief nach Plan. Aber Crank? Er sah das völlig anders.

Bei unserem Treffen um vierzehn Uhr hatte Preston einen hilfreichen Rat. „Ihr seid es gewohnt, euch auf kleinen Bühnen in Clubs zu bewegen", zeigte er auf. „Und du kannst es ja sehen. Wir haben diese riesige Bühne und die Band benutzten sie nicht."

Ich beobachtete die Band und nickte dann. Es stimmte. In dem Moment war die Band in der Mitte des vierten oder fünften Durchgangs von Cranks neustem

Song, und auf dieser riesigen Bühne sahen sie aus, als würden sie sich alle in einer Ecke zusammenkauern.

Zehn Minuten später war die Band mit ihrer Probe fertig und Preston war verschwunden, um sich um andere Dinge zu kümmern. Ich stieg auf die Bühne und rief die Band zusammen. Crank war durchgeschwitzt, grinste, und sie sahen alle hocherfreut aus. Crank und Serena schlugen ihre Fäuste aufeinander.

„Super Probe", sagte ich.

„Das würde ich auch sagen", sagte Serena mit einem offenen Grinsen im Gesicht.

„Ich habe noch einen Tipp", sagte ich. „Könnt ihr euch noch ein bisschen weiter verteilen? Wir haben hier eine große Bühne, lasst sie uns nutzen."

Serena sah nachdenklich aus und begann zu nicken, aber Crank hob eine Augenbraue. „Ist das Prestons Vorschlag?"

Ich blinzelte. „Ja, aber er hat recht. Von unten auf den Stühlen sah es komisch aus, dass die Band nur die eine Ecke der Bühne nutzte."

„Ich wusste gar nicht, dass wir auch Anweisungen vom Manager der anderen Band ausführen", antwortete Crank.

Serena zog ihre Augenbrauen zusammen. „Ich denke, das ist ein guter Vorschlag, Crank."

Er verdrehte seine Augen. „Wie auch immer. Wenn ihr meint, wir sollten die Dinge auf den letzten Drücker ändern, dann mal los."

Als ich die Geschichte zwei Monate später Carrie erzählte, grinste sie. „Crank war eifersüchtig?"

Ich zuckte mit den Schultern. „Ja, ich denke schon. Und er war deshalb auch ein totales Arschloch. Und Tatsache ist, es gab nichts, worauf er hätte eifersüchtig sein müssen. Preston ist *so gar nicht* mein Typ. Ich meine, ja, er ist... adrett... und Harvardabsolvent... und...“

Carrie neigte ihren Kopf und hob eine Augenbraue. „Also gar nicht wie du.“ Dann grinste sie.

Ich seufzte. „Okay, okay! Also gut, wir haben viele Gemeinsamkeiten. Aber das bedeutet nicht, dass Crank sich deshalb total scheiße benehmen muss.“

„Was hat er gemacht?“

Das würdest du nicht verstehen (Crank)

Es war ein schöner, kühler Sommer. Zumindest hatte ich das gedacht.

Wenn man aber dreißig Kilometer bei aufgehender Sonne durch die Wüste läuft, fühlt es sich an, als ob man einen heißen Ofen geöffnet hat und hineinspaziert ist. Ich denke nicht, dass wir mehr als eineinhalb Kilometer weit gelaufen waren, bis ich total durchgeschwitzt war und meine Arme vom Tragen des Benzinkanisters wehtaten.

Es war ein Plastikbenzinkanister, der vermutlich nicht mehr als vierhundert Gramm wog.

Und noch etwas, nur so für die Zukunft. Wenn man dreißig Kilometer durch die Wüste mit Kampfstiefeln geht, sollte man darauf achten, dass die Schnürsenkel in Ordnung sind. Denn was auf der Bühne, oder wenn man von seinem Auto zu einem Nachtclub läuft, cool aussieht, fühlt sich gar nicht mehr so cool an, wenn man sich die Haut wund scheuert.

Ich denke, es war keine richtige Wüste. Aber ziemlich nah dran. Sand und Büsche. Staub. Auf den ersten Blick sah es so aus, als ob die Felder neben der Straße bestellt waren... zumindest wuchs alles in mehr oder weniger geraden Reihen. Das ist in der Natur anders, oder? Ich wollte Sean nicht fragen. Ich meine, ich weiß, dass es keine dummen Fragen gibt. Aber vielleicht gibt es sie doch. Egal. Wir liefen weiter.

Nachdem wir etwa eine halbe Stunde gelaufen waren, sagte Sean: „Kann ich dich was fragen?"

„Ja, natürlich."

„Trennt ihr, du und Julia, euch?"

„Warum fragst du das?" Ich wollte darüber hinweggehen. Ich wollte grinsen und sagen: „Zur Hölle, nein, wie kommst du auf diese verrückte Idee?". Stattdessen spürte ich, wie sich ein Loch in meiner Brust öffnete.

„Ihr streitet euch ständig", sagte er sachlich. „Ich verstehe nicht, warum. Ich mag Julia."

Ich seufzte. Und lief weiter.

„Ich auch, Sean. Ich meine, ich liebe sie."

Wir gingen eine Weile weiter, ohne etwas zu sagen, und dann sagte er: „Das solltest du ihr sagen."

„So einfach ist es nicht."

„Warum nicht?"

„Weil Dinge passiert sind, die du nicht verstehst, Sean."

Er kickte in den Sand und lief neben mir weiter. „Ich sehe schon. Gründe."

„*Was?*"

Er zuckte mit den Schultern. „Das ist, was die Leute immer sagen, wenn es keine rationalen Gründe für ihr

Verhalten gibt. Gründe. Du hast Gründe, aber du redest nicht darüber. Weil es sie in Wirklichkeit gar nicht gibt."

Verärgerung machte sich in mir breit. „Oder vielleicht möchte ich einfach nur nicht über sie reden, Sean. Es geht dich wirklich nichts an. Sie ist *meine* Partnerin", erinnerte ich ihn.

„Und sie ist *meine* beste Freundin", erwiderte er.

Ich schluckte. Und ging weiter. Und ich seufzte. Als Sean mich daran erinnerte, dass sie seine beste Freundin war, war das wie ein Schlag in die Magengrube. „Es ist alles ein Durcheinander", sagte ich.

„Was ist durcheinander? Seid einfach nett zueinander."

Ich schluckte. Ungewöhnliche Weisheit. Aber wie macht man das?

„Ich weiß nicht, ob sie jemals wieder nett zu mir sein wird, Sean."

„Warum nicht?"

Also erzählte ich es ihm, beginnend von dem Moment, an dem ich erkannt hatte, dass sie die letzten zwei Wochen vor unserer Abreise jeden Tag dreimal mit ihm telefoniert hatte. Von dem Moment an, an dem dieser Scheißkerl Preston Reeve begonnen hatte, Julia direkt vor meinen Augen am Flughafen in Las Vegas anzumachen. Die Art und Weise, wie sie sich immer wieder dicht zusammengestellt hatten, während ihrer *vielen* Treffen in dem Stadion.

„Julia würde dich niemals betrügen."

„Darum geht es nicht", antwortete ich. „Er ist ein totaler Spieler. Sie hat einfach zugelassen… dass er so nah an sie heran kam."

Die Sonne war jetzt vollständig aufgegangen und der Himmel hatte eine schöne blaue Farbe.

„Da kommt ein LKW", sagte Sean.

Gott sei Dank.

Ich ging an den Straßenrand. Der LKW kam von hinten auf uns zu, es war ein großer LKW, und ich konnte das Heulen seines Dieselmotors hören, als er immer näher kam. Ich wedelte mit meinen Armen. Selbst wenn der LKW nur einen Teil des Weges bis zur Tankstelle fahren würde, wäre das eine große Hilfe. Das alles dauerte echt ewig. Eine Sekunde lang dachte ich, dass er langsamer werden würde. Als er immer größer wurde und immer näher kam, sah ich, wie auf den Gesichtern der zwei Männer im Führerhäuschen Schrecken erschien. Der Fahrer hatte kurz geschorenes Haar und blaue Augen, und er lächelte mich spöttisch an. Dann wurden sie wieder schneller, während der LKW an uns vorbeifuhr, wirbelte er Staub und Schotter auf, der dann auf uns niederrieselte.

„Boah", sagte ich.

„Warum haben sie nicht angehalten?", fragte Sean.

„Ich dachte, das würden sie", antwortete ich. Aber dann sah ich hinunter auf meine Kampfstiefel, Lederjacke mit Spikes und das zerfetzte T-Shirt. Ich wusste, warum sie nicht angehalten hatten.

Meine Schuld.

Wir gingen weiter. Ein paar Minuten später sprach Sean erneut. „Ich denke immer noch, dass das, was du über Julia sagst, keinerlei Sinn ergibt. Du hast gesagt, du wüsstest, dass sie dich nicht betrügen würde. Warum warst du dann so wütend?"

„Gott, Sean. Lass es einfach gut sein."

„Nein."

Ich verdrehte meine Augen. „Weil er ein riesiges Arschloch war, das in einem Anzug herumlief. Ich konnte in seiner Nähe nicht mal atmen, ohne den Geruch von Racquetball und Poloshirts und teurem Parfüm in der Nase zu haben. Dieser Typ... Er schreit nach Erfolg und weißer Oberklasse und Scheiße, verdammt noch mal."

Sean hob eine Augenbraue. „Und wir sind ja so viel cooler als das."

„Ich verstehe nicht mal, was das bedeutet."

„Ich verstehe nicht, was du meinst."

Ich schüttelte meinen Kopf. „Sean... Denkst du nicht auch, dass er viel mehr ihr Typ ist? Ich meine, er hat in Harvard studiert, um Himmels Willen."

„Hat sie das gesagt?"

„Nein!", spottete ich. Das musste sie auch nicht. „Es ist nur... Lass gut sein, okay?"

„Crank, warum sollte ich es gut sein lassen? Sie ist meine Freundin. Du liebst sie. Ich liebe sie. Mom und Dad lieben sie."

„Aber sie liebt mich nicht mehr, Sean."

„Warum *nicht?*"

Ich schüttelte meinen Kopf. War frustriert. Sauer. Und wie es aussah, hatten wir immer noch knapp dreißig Kilometer vor uns. „Das würdest du nicht verstehen."

„Ach ja? Liegt das daran, dass ich Asperger habe, Crank? Denn, falls es so ist, dann kannst du es dir in den Hintern schieben."

Ich hielt an, war fassungslos. „Was?"

„Du hast genau gehört, was ich gesagt habe. Ich habe es so satt, dass du mich behandelst, als wäre mit mir etwas nicht in Ordnung."

„Sean, natürlich ist mit dir alles ich Ordnung."

„Dann hör auf, mit mir zu reden, als wäre das nicht der Fall! Ich *verstehe* sehr wohl. Und ich verstehe auch, dass du meine Beziehung zu meiner besten Freundin ruinierst."

Ich atmete laut aus. Dann begann ich weiterzulaufen. Danach antwortete ich: „Sie liebt mich nicht mehr, weil ich sie verletzt habe, Sean. Ich war eifersüchtig und habe mich wie ein Idiot verhalten. Ich habe ihr das Herz gebrochen."

Sean war still. Einige Minuten lang waren das Einzige, was zu hören war, das Geräusch unserer Schritte auf dem Schotter und hin und wieder ein Windstoß, der durch die Büsche am Straßenrand wehte. Meine Gedanken kehrten immer wieder zurück zu der einen Nacht. Es war zwei Wochen nach Beginn der Tour gewesen, als ich hoch geschaut und ihr enttäuschtes Gesicht gesehen hatte. Die Nacht, in der ich so verdammt wütend auf sie gewesen war, weil sie nur Zeit mit *Preston* verbringen wollte. Die Nacht, in der sie sich umgedreht und ohne ein Wort hinausgegangen war. Die einzigen Worte, die ich hatte denken können, waren *Verzeih mir* gewesen. Und ich hatte sie nicht ausgesprochen, auch wenn ich sie gefühlt hatte.

Anscheinend grübelte Sean auch über meine Worte nach, denn in einem Moment lief ich noch und im nächsten saß ich am Straßenrand auf meinem Hintern und in der Millisekunde dazwischen hatte Sean mich mit seiner Faust umgehauen. Ich hatte es noch nicht mal kommen sehen. Eine kleine Staubwolke stieg um mich herum auf.

„Verdammt noch mal, Sean?"

Er stand über mir und zeigte mit einem Finger seiner zitternden Faust auf mich. „Du hast ihr wehgetan? Was hast du *gemacht?!*"

Ich war zu sehr damit beschäftigt, meine Hand über meine jetzt blutende Nase zu halten, um ihm zu antworten.

„Was hast du gemacht?", wiederholte er.

„Ich habe ein Groupie geküsst."

Sean stieß einen Schrei aus. Dann kickte er mit Schotter nach mir.

„Verdammt!", murmelte ich.

Er stand dort, zitternd, sah mit Abscheu und Enttäuschung auf mich hinunter. Er kickte noch mal mit kleinen Steinen und Staub nach mir, dann drehte er sich um und ging davon.

Ich sackte in mich zusammen. Natürlich war das nicht die ganze Geschichte gewesen. Es gab immer mehrere Seiten. Aber waren die *anderen Seiten* wirklich wichtig? Ich denke nicht.

Also raffte ich mich wieder auf und versuchte meinen Bruder einzuholen, der sich schon ziemlich weit entfernt hatte.

Kapitel 4

Where the
Wild Things Are

Kleiner Bastard (Julia)

Ich weiß nicht, wie weit sie gehen mussten, um das Benzin zu holen, aber es dauerte ewig. Carrie und ich saßen auf der Motorhaube des Autos und trotz der Tatsache, dass wir irgendwo im Nirgendwo gestrandet waren, fühlte ich mich entspannter, als ich es seit langem gewesen war. Carrie und ich sahen uns nicht oft und es war toll, dass wir die Chance hatten, Versäumtes aufzuholen. Egal, wie die Umstände waren.

Also verbrachten wir den Morgen damit, uns zu unterhalten. Lachten. Ich erzählte ihr die Geschichte von Preston und Crank und von unserer vermasselten Tour, und das erste Wort, das aus dem Mund meiner Schwester kam, war „Wichser". Denn genau dafür sind Schwestern da. Zum ersten Mal seit zwei Monaten fühlte ich, dass der Stress nachließ, dass der Druck weg war. Ich fühlte mich leicht und glücklich. Ich *lachte*. Ich hatte in letzter Zeit nicht wirklich viel gelacht.

Manchmal muss man einfach lachen.

Egal, einige Stunden später hielt ein LKW direkt vor uns am Straßenrand und Crank und Sean stiegen aus. Es war sofort klar, dass etwas nicht stimmte. Sean war angespannt... na ja, angespannter als üblich. Er sah Crank überhaupt nicht an und er ging ohne anzuhalten zurück zum Auto.

Crank kam hinter ihm her. Er sah müde aus und seine Nase war geschwollen, so als hätte ihn jemand geschlagen. Meine erste Reaktion war, ihn zu fragen, was los war. Ich mochte es nicht, zu sehen, dass er unglücklich war. Meine zweite Reaktion war, ihm zu sagen, dass er sich verpissen sollte.

Ich dachte über meine Möglichkeiten nach und entschied mich für einen Mittelweg. Ich setzte mich, während er das Benzin in den Tank füllte, ohne ein Wort zu sagen auf den Fahrersitz. Carrie nahm neben mir auf dem Beifahrersitz Platz, was bedeutete, dass die Männer keine andere Wahl hatten, als hinten einzusteigen.

Crank hob eine Augenbraue, sagte aber nichts, er stieg einfach hinten ein und ich ließ den Motor an und machte einen U-Turn, dabei erzeugte ich eine Staubwolke.

Fünfzehn Minuten später hielt ich neben den Zapfsäulen an. „Ist das die Tankstelle, die letzte Nacht geschlossen war?", fragte ich.

Crank nickte. Er stieg aus und tankte. An seinem aufrechten Gang konnte ich sehen, dass er sauer war. Wir holten uns alle einen Kaffee und etwas zum Essen, gingen auf die Toilette und putzten unsere Zähne. Das bedeutete, dass das ein längerer Halt war. Es war fast elf Uhr morgens, bis wir wieder unterwegs waren.

„Bist du aus dieser Richtung gekommen?", fragte ich und deutete nach vorn. „Vom Highway?"

Crank nickte. Ich legte den Gang ein und fuhr los, dabei achtete ich darauf, die Geschwindigkeitsbegrenzung genau einzuhalten, anders als mein verrückter Freund, der immer genau dreißig km/h schneller fuhr.

„Endlich habe ich Gelegenheit, das Radio zu erreichen", sagte Carrie, lehnte sich dann nach vorne und schaltete es an. Sie ging die Sender schnell durch und entschied sich schließlich für einen Top 40 Mix, der Crank zum Überschäumen bringen würde. Beyonce und Jay-Z tönten aus den Lautsprechern und sangen *Crazy in Love.*

„Ähm…", Crank zuckte zusammen, als er das sagte.

„Ich liebe diesen Song!", schrie Carrie mit einem Grinsen im Gesicht. Ich zwinkerte ihr zu, sie lächelte und begann ihren Oberkörper zur Musik zu bewegen.

„Ist das wirklich – ", Crank begann erneut etwas zu sagen.

Ich streckte meine Hand aus und stellte das Radio lauter, dann begann ich mitzusingen.

Ein Blick in den Rückspiegel zeigte einen verärgerten Crank, der sich gegen die Außenseite des Autos lehnte, dabei hielt er sich ein Kissen auf seinen Kopf gedrückt. Sean ignorierte die Musik, er las weiter in seinem Buch über die Top-Sight-Seeing Plätze in Amerika.

Carrie reckte ihre Hände in die Luft, warf ihren Kopf nach hinten und sang mit. Ihr langer Hals und ihre dünnen Arme waren nackt, ihre blasse Haut fast weiß. Mir stockte für eine kurze Sekunde der Atem, während ich meine kleine Schwester ansah, die endlich auf dem Weg zum College war. Ein Lächeln breitete sich auf ihrem Gesicht aus.

Sie schenkte mir einen hinterhältigen Blick, als der Song in einen von 50 Cent überging. Das war auch sehr weit von meinem Musikgeschmack entfernt, aber egal. Ich begann mit meinen Händen auf das Lenkrad zu klopfen und sie pochte gegen das Armaturenbrett und wir brachen in Lachen aus.

Wenn ich diesen Moment mit meiner Schwester hätte festhalten können, ich hätte es getan.

Aber so fuhren wir einfach weiter. Zwei Minuten später sah ich die Auffahrt zum Highway.

Crank lehnte sich zwischen den beiden Sitzen nach vorn. „Ich verspreche, mich zu benehmen. Kann ich fahren?"

Ich hob eine Augenbraue und sah Carrie an. Sie zuckte mit den Schultern. Ich zuckte zurück und fuhr rechts ran. Crank sprang über die Seite des Autos und landete im Schotter. Carrie begann sich zu bewegen, aber ich schüttelte meinen Kopf und kletterte auf den Rücksitz.

„Darf ich?", fragte Crank Carrie höflich, als er sich auf den Fahrersitz setzte. Er zeigte auf das Radio, ich versuchte, ein Grinsen zu unterdrücken.

„Tu dir keinen Zwang an!", sagte sie grinsend.

Dreißig Sekunden später erfüllten die Klänge von Natasha Atlas' *Lelsama* das Auto. Es war schwer, dazu nicht zu tanzen. Und um ehrlich zu sein, wusste ich noch nicht mal genau, was der Grund für all meinen Groll und die Sticheleien gegen Crank war. Meine Gefühle verwandelten sich plötzlich von dem Hochgefühl, das ich gespürt hatte, als ich mit Carrie herumgeblödelt hatte, in Traurigkeit. Ich liebte Crank. Jedes Mal, wenn ich an die Nacht dachte, in der ich diesen Kuss beobachtet hatte, spürte ich ein großes Loch in meiner Brust. Und ich dachte nicht, dass ich genügend Tränen haben würde, um es zu füllen. Die Welle aus… Trauer – ja, es war Trauer – traf mich so plötzlich, dass ich nichts anderes tun konnte, als mich zusammenzurollen, meinen Kopf auf das Kissen zu legen und meine Augen zu schließen.

Ich spürte, wie sich das Auto bewegte, als Crank wieder losfuhr, aber ich hielt meine Augen ganz fest verschlossen. Sean saß neben mir auf dem Rücksitz, aber er war mit Lesen beschäftigt. Gott sei Dank. Ich wollte nicht, dass er jetzt mit mir redete.

Ich wollte mich nicht so fühlen. Ich wollte nicht mehr traurig sein. Ich wollte nicht jedes Mal, wenn ich Crank anschaute, diesen dumpfen Schmerz spüren, aber ich wusste nicht, wie ich ihn stoppen sollte. Ich wusste nicht, wie ich die Tränen unterdrücken sollte.

„Du solltest wirklich langsamer fahren", sagte Sean. „Kann ich dir was sagen? Wusstest du, dass Verkehrsanalysen ergeben haben, dass das Unfallrisiko mit jedem Kilometer pro Stunde um mehr als 3% steigt?"

„Ich weiß nur, dass du mir auf den Geist gehst", antwortete Crank.

„Und nicht nur das", fuhr Sean fort. „Bei höheren Geschwindigkeiten sind die Verletzungen schwerer. Wenn die Aufprallgeschwindigkeit steigt, wird die Bewegungsenergie, die auf den Körper einwirkt, größer und das Risiko einer schweren oder auch einer tödlichen Verletzung wird immer akuter."

„Was zum Teufel, Sean?"

„Ich denke, er versucht dir zu sagen, dass du ihm Angst machst, wenn du so schnell fährst, Crank", kommentierte Carrie in einem ruhigen, abwartenden Ton.

Crank antwortete nicht, aber ich spürte, wie der Mustang ein bisschen langsamer wurde. Und dann fühlte ich noch mehr Verwirrung, denn eigentlich hätte es keiner Aussage meiner Schwester bedürfen müssen, damit er sich um seinen Bruder kümmerte. Das war für ihn sonst immer ganz normal. In letzter Zeit kam es mir vor, als ob ich ihn gar nicht kannte.

Egal. Ich musste aufhören, mir darüber Sorgen zu machen. Ich musste aufhören, darüber nachzudenken.

„Ähm… Crank? *Was ist das?*", Carries Stimme war scharf und ängstlich, meine Augen öffneten sich sofort.

„Was ist was?", erwiderte er.

Carrie antwortete nicht mit Worten. Ihr plötzlicher Schrei war stechend. Schreckliche Angst schoss mir über den Rücken. Ich setzte mich auf, gerade in dem Moment, in dem Crank aus vollem Halse schrie: „Oh, heiliger Allmächtiger, was zur Hölle?"

Das Auto schleuderte herum, als Crank einen weiteren Schrei ausstieß und Carrie kreischte.

„Bitte versuch das Auto unter Kontrolle zu halten!", rief Sean.

„Carrie, was ist los?", fragte ich.

Ihr Gesicht war blass, ihr Mund stand offen und sie hatte große Augen. Sie drängte sich so weit wie möglich gegen die Tür und zeigte auf etwas.

Meine Augen folgten ihrem Finger zu dem unmöglichen Anblick einer gigantischen, haarigen, riesigen Spinne, die an der Mittelkonsole heraufkrabbelte. Crank schrie weiter, das Auto wirbelte herum. Irgendwo hinter uns quietschten Reifen und ich hörte eine Sirene.

„Crank, halt an!", schrie ich.

„Wirklich, das ist alles unnötig...", sagte Sean, seine Stimme war eben und ruhig.

Er war der Einzige, der ruhig war, denn Crank drehte das Lenkrad zur Seite, gleichzeitig bremste er plötzlich und lenkte das Auto mit einem schrecklichen Schleudern auf die Standspur. Wir alle, vermutlich sogar die Spinne, schrien so laut wir konnten, als das Auto rutschend zum Stehen kam.

Einen halben Atemzug später hüpften Carrie, Crank und ich über die Seiten des Autos nach draußen, nur um zu sehen, wie ein Polizeiauto hinter uns mit quietschenden Reifen anhielt.

Als der Cop uns aus dem Auto springen sah, öffnete er seine Tür und rief: „Legen Sie sich alle auf den Boden."

Carrie schrie erneut, denn der Polizist, der zugesehen hatte, wie wir wie Clowns oder eine Gangsterbande aus dem Auto gesprungen waren, zog seine Waffe.

Ich duckte mich nach unten. Crank und Carrie taten es mir nach.

Alles war still. Außer Sean, der immer noch im Auto saß und die krabbelnde, fünfzehn Zentimeter große Spinne hoch hielt. Er hielt sie an ihrem Körper fest und die vielen Füße bewegten und zuckten albtraumhaft.

„Ich habe euch allen gesagt, dass ihr euch keine Sorgen machen müsst, es ist keine Vogelspinne."

Der Cop wurde blass. „Was zur – was? Legen Sie das Ding…"

Sean lächelte. „Ist schon okay. Das ist eine braune Falltürspinne. Sie wird oft mit Vogelspinnen verwechselt, aber ihr Gift ist für Menschen nicht gefährlich. Aber sie beißen."

„Sean, um Gottes Willen", sagte Crank.

Der Cop packte seine Pistole weg. „Können Sie aus dem Auto steigen und diese… Spinne… ähm…"

„Ja, Sir", antwortete Sean.

Niemand sagte etwas, während wir warteten. Sean öffnete die Tür und stieg aus, dabei hielt er immer noch die Spinne in seiner linken Hand.

„Kann ich sie sehen?", fragte der Polizist.

Crank bewegte sich und der Cop sagte: „Sie bleiben genau da, wo Sie sind."

Crank erstarrte.

Der Polizist ging zu Sean hinüber. „Das nenne ich mal eine Spinne."

„Sie ist unter dem Armaturenbrett hervorgekrochen."

„Sind Sie deshalb so quer über alle Spuren gefahren?"

„Ja", bestätigte Sean. „Und außerdem ist mein Bruder ein schrecklicher Fahrer. Vorhin war er zu schnell, aber ich hatte ihn davon überzeugt, langsamer zu fahren. Wissen Sie, dass das Unfallrisiko mit jedem Stundenkilometer um 3 % steigt?"

„Das klingt ernst", stimmte der Polizist zu. „Sind Sie sicher, dass dieser kleine Freund hier nicht giftig ist?" Er zeigte mit seinem Finger auf die Spinne, die aggressiv mit ihren Beinen zuckte. Ich schauderte.

„Das ist er nicht. Aber sein Biss würde wehtun."

„Woher wissen Sie, dass es ein Er ist?"

„Wohlbegründete Vermutung", antwortete Sean. „Man kann nicht hundertprozentig sicher sein. Aber diese hier, wenn Sie hier hinschauen…" Er zeigte auf… den Magen der Spinne?

Carrie sah auf. „Darf ich mir das anschauen?"

Ich schauderte erneut.

Der Cop zuckte mit den Schultern. „Kommen Sie", sagte er, und Carrie stand auf und strich den Staub von sich, als sie auf Sean und den Cop zuging.

„Genau hier auf seinem Hinterleib", fuhr Sean fort und deutete darauf, „kann man die *Fusula* sehen."

„Die *was?*", sagte der Cop.

„Es ist, ähm… eine Art Spinndrüse", ergänzte Carrie, was dazu führte, dass der Cop ein zweites Mal hinschaute, weil sie anscheinend verstand, was Sean sagte.

„Männliche Spinnen haben ein zweites Paar auf ihrem Hinterleib. Oder zumindest… haben die meisten das", erklärte Sean.

„Es ist schwer zu sagen, wenn man kein Weibchen zum Vergleichen hat", antwortete Carrie. „Das Geschlecht von Spinnen wird ständig falsch bestimmt."

„Das ist richtig", sagte Sean dem Cop, der die beiden ungläubig anschaute. „Sogar Experten können manchmal nicht genau sagen, ob eine Spinne männlich oder weiblich ist."

Ich schaute hoch und sah Crank in die Augen. Der Cop hatte uns noch nicht gesagt, dass wir aufstehen durften, und ich würde es nicht ohne Erlaubnis tun. Crank sah zu Sean und Carrie hinüber und dann wieder zurück zu mir.

Er grinste. Ich auch. Wer sonst auf der *Welt*, außer unseren Geschwistern, hätte das gewusst?

„Tja", sagte der Cop. „Ich denke, wenn mir dieser kleine Bastard zwischen den Beinen herumgekrochen wäre, wäre ich auch über alle Spuren gefahren. Ich werde Sie alle mit einer Verwarnung davonkommen lassen. Aber fahren Sie langsam und vorsichtig."

KAPITEL 5

Magic Carpet Ride

Rede nicht so abfällig (Crank)

"Bist du sicher, dass wir hier richtig sind?"

Julia saß auf dem Beifahrersitz und spähte auf ihre Karte. Sie hatte, als sie diese Reise geplant hatte, also vor gefühlten Millionen von Kilometern und fast genauso vielen Stunden, mit einem Edding einen großen schwarzen Kreis um unser Ziel gezeichnet.

Sie schaute auf die Karte, dann hoch zu dem Tor. Ihr Gesicht sah frustriert und verwirrt aus.

Vor dreißig Minuten waren wir an einem Werbeplakat vorbeigefahren, das uns in der Stadt willkommen hieß.

SEMINOLE
Gaines County
Nr. 1 Ölförderer
Nr. 1 Baumwollhersteller
Nr. 1 Erdnusserzeuger
Nr. 1 Menschen überall

Das Schild war deutlich. Die Einwohner von Seminole, Texas, dachten, sie wären die Besten. Auf der linken Seite des Schildes war sogar eine weitere etwa sechs Meter große Nr. 1 aufgestellt, die noch um einiges größer war als das Schild. Nicht weit von dem Schild entfernt fuhren wir an dem alten, verrosteten Rumpf eines 1960er Plymouth Valiant vorbei. Unkraut und Büsche wuchsen aus den hinteren Fenstern des Autos heraus, das die Farbe einer Mischung aus grauer Grundierung und braunem Rost hatte.

Die Straße in die Stadt war auf beiden Seiten gesäumt von dürren Büschen, Gras und Dreck. Sie schien bis an den Horizont zu reichen. Für eine Weile waren die einzigen Zeichen dafür, dass es hier Menschen gab, die Strom- und Telefonleitungen, die von Mast zu Mast auf der linken Seite der immer schmaler werdenden Straße entlang führten. Auf dem kaputten und bröckeligen Asphalt waren keine Markierungen eingezeichnet und an einigen Stellen war die Straße mit Erde und Sand bedeckt.

Julia starrte auf das Tor neben der Straße, ihr Gesicht sah besorgt aus. Dann sah sie wieder auf die Karte.

„Wir sind hier bestimmt falsch", sagte Carrie. „Seid ihr sicher, dass wir in Amerika sind?"

Sean beglückte uns wie immer mit hilfreichen Informationen: „Obwohl 85 % der Amerikaner in Städten oder Vororten wohnen, sind 90 % des Landes ländlich geprägt. Dies hier ist wesentlich typischer als zum Beispiel Boston oder San Francisco."

„Ich bin mir ziemlich sicher, dass wir hier... richtig sind", sagte Julia mit allmählich verstummender Stimme.

Hier war ein Stück Land, das aussah, als hätte es ungefähr die Größe von South Boston, vereinzelt sah man Gestrüpp, links neben dem ziemlich kaputten Asphalt der Einfahrt türmte sich ein Berg aus alten, verrottenden Reifen. Auf der rechten Seite standen einige verlassene Autos, die in der Sonne vor sich hin rosteten. Ganz am Ende des langen Zufahrtsweges war am Horizont ein dreckiger, rostender, weißer Wohnwagen zu sehen.

„Ich denke, wir fahren einfach hinein", sagte Julia zweifelnd.

Ich zuckte mit den Schultern und bog in die Einfahrt ein. Das Auto fuhr sofort in eine tiefe Spurrinne.

„Darf ich euch was sagen?" Sean sprach leise. „In den meisten Staaten besagt das Hausfriedensrecht, dass die Person in dem Wohnwagen uns erschießen kann, ohne dafür belangt zu werden."

Carrie hob eine Augenbraue. „Was?"

„Es ist die Wahrheit", sagte er. „Im Jahr 1992 ist es in Louisiana sogar passiert. Ein sechzehnjähriger Junge wurde angeschossen und starb, weil er auf der Suche nach einer Halloweenparty an der falschen Tür geklingelt hatte."

Oh, um Gottes Willen. „Sean, hör auf damit", tadelte ich ihn.

„Niemand wird auf uns schießen", versicherte Julia. „Wir sind hier richtig. Da bin ich mir sicher."

Sie sah überhaupt nicht sicher aus.

„Stimmt das?", fragte Carrie Sean.

„Sein Name war Yoshihiro Hattori. Er war ein japanischer Austauschstudent, er hatte sich verirrt und an der falschen Tür geklingelt."

Carrie seufzte traurig. „Das ist schrecklich."

„Mach dir keine Sorgen", sagte Sean. „Julia ist sicher, dass wir hier richtig sind."

Ich schaute in den Rückspiegel. Carrie sah überhaupt nicht glücklich aus. Das Auto fuhr erneut in ein tiefes Schlagloch, wir wurden alle auf unseren Sitzen hoch geschleudert, und vermutlich richtete das am Auto irreparablen Schaden an.

„Es würde helfen, wenn du nicht in die tiefsten Löcher fährst." Julias Aussage war ganz offensichtlich dazu gedacht, dass ich ruhig bleibe.

„Danke, Liebes!", antwortete ich und zwang mich dazu, weiterhin zu grinsen.

„Lass das."

Sie verschränkte ihre Hände vor der Brust und schaute hinaus zum Horizont.

„Wen besuchen wir genau?", fragte Sean.

„Barry Lewis", sagte Julia.

„Er war ihr Bodyguard", erklärte ich.

„Rede nicht so abfällig", konterte sie. „Er war das einzige wirkliche Elternteil, das Carrie und ich in Belgien gehabt hatten."

Das wusste ich natürlich. Julia hatte viel über Barry Lewis gesprochen, so viel, dass ich sogar ein bisschen eifersüchtig auf ihn war. Zu der Zeit, als ihr Vater während der frühen Neunziger als hohes Tier für die NATO arbeitete, hatte die ganze Familie Begleitschutz gehabt. Es klang ein bisschen verrückt, stimmte aber. Ich vermute mal, wenn ich ein so wichtiger Typ wäre, würde ich auch wollen, dass meine Familie beschützt wird.

Ich hatte Barry Lewis noch nicht kennengelernt, aber ich konnte eine Vorstellung einfach nicht aus meinen Gedanken verbannen. Ein einsames elfjähriges Mädchen, dessen Eltern zu beschäftigt waren, um Zeit mit ihr zu verbringen, das sich an ihren Marine Corps Bodyguard hängte, während er an seinen Oldtimern in der Garage der Botschaft herumschraubte. Bevor wir uns kennengelernt hatten, war Julia der einsamste Mensch auf der Welt gewesen.

Ich wollte nicht, dass sie weiterhin einsam war.

Am Ende der Zufahrt standen, in einer losen Reihe, fünf Autos. Es waren alles Oldtimer. Drei davon standen auf Steinen, alle fünf befanden sich in verschiedenen Stadien der Reparatur und Restaurierung. Ein wirklich altes Auto, ein Ford Modell A, parkte ein wenig näher am Haus. Das Modell A war auf Hochglanz poliert, das Metall und die Holzverkleidung glänzten, die Reifen mit weißen Rändern waren blitzblank sauber, die Radspeichen waren poliert und reflektierten.

Der Wohnwagen war sehr groß und breit und hatte eine Terrasse aus Holz, die mit Topfpflanzen dekoriert war. Als ich das Auto anhielt, bellte drinnen ein Hund und einen Moment später wurde die Vordertür geöffnet und ein hübscher Deutscher Schäferhund mit schimmerndem graubraunem Fell rannte aus dem Haus, ihm folgte ein großer Mann.

Er trug Jeans und ein blutrotes T-Shirt mit dem US-Marine Corps-Logo über der Brusttasche. Sein Kopf war fast kahl, seine grauwerdenden Haare waren ganz kurz geschoren, aber er sah nicht alt aus. Er hatte dicke, stämmige Arme und das T-Shirt lag an seinen Schultern und Brustmuskeln eng an. Er hatte eine flache, leicht gekrümmte Nase. Dieser Typ war ein Kämpfer und er wusste es, aber sein Gesicht war rund und sein Lächeln ansteckend. Ich konnte seine ethnische Herkunft nicht erkennen. Es würde schwer werden, einen Namen zu finden, der weniger verbreitet war als Barry Lewis, aber sein Gesicht sah polynesisch aus. Ich würde nicht fragen.

Julia blieb die Luft weg, als sie ihn sah. Dann hüpfte sie aus dem Auto und die Treppenstufen hinauf.

Lewis breitete seine Arme aus und sie warf ihre Arme um seinen Hals. Sie konnte es nicht sehen, ich aber schon – seine Augen wurden rot und füllten sich mit Tränen, als sie sich umarmten.

„Julia Thompson", sagte er leise, seine Stimme war bewegt. „Ich hätte nicht gedacht, dass ich dich je wieder sehen werde, Baby Girl", gab er mit rauer Stimme zu.

Heiliger Gott, dachte ich, während ich ihn ansah. Zum Ersten war er gewaltig. Beängstigend. Zum Zweiten war er eindeutig völlig aufgelöst beim Anblick von Julia als Erwachsene.

Sean und Carrie stiegen aus dem Auto aus. Carrie war zurückhaltend, während sie beobachtete, wie ihre Schwester den Mann begrüßte.

Lewis lächelte und löste die Umarmung. „Du musst die kleine Carrie sein. Erinnerst du dich an mich?"

„Ein wenig", gab Carrie fast schüchtern zu. „Ich erinnere mich, dass du groß warst, und ich erinnere mich an deine blaue Uniform. Aber das ist alles."

„Das überrascht mich nicht", sagte er. „Du warst noch ziemlich jung, als wir uns das letzte Mal gesehen haben." Er streckte seine Arme aus und zog sie in eine Umarmung.

Obwohl sie sich kaum an ihn erinnern konnte, sah man auf ihrem Gesicht ein paar interessante Dinge, ihre Augen wurden feucht. Und dann sagte sie mit atemloser Stimme etwas, das mir fast das Herz brach. „Danke, dass du dich um meine große Schwester gekümmert hast, als sie jemanden gebraucht hat."

„Oh, um Gottes Willen", sagte er gutmütig, „ihr bringt mich noch alle zum Weinen. Lasst uns reingehen."

Damit war der Bann gebrochen. Julia stellte mich und Sean vor und wir vier und der Schäferhund folgten Lewis nach drinnen. Direkt hinter der Tür war ein überraschend großer gut gepflegter Wohnbereich. Zwei Sofas standen im rechten Winkel zueinander um einen Couchtisch mit einer Glasplatte herum. Die Hauptwand wurde dominiert von einem 60 x 90 cm großen Bild, auf dem ein wesentlich jüngerer Barry Lewis in seiner blauen Ausgehuniform mit den drei Streifen eines Sergeants zu sehen war, der eine hübsche blonde Frau in einem Brautkleid im Arm hielt. Auf dem Bild lehnte er sich nach vorn, er hatte einen Fuß hinter ihr ausgestreckt, sie hatte ein gigantisches Lächeln im Gesicht und sie sahen sich in die Augen. Um das Foto herum hingen mehrere Familienbilder, unter anderem auch von zwei kleinen Mädchen, beide hatten dunkle Haare und Augen.

Als der Hund zu bellen begann, hielt ich in der Nähe der Tür an.

„Monica, *sitz*."

„Dein Hund heißt Monica?", fragte Sean.

„Na ja, ja, Monica Lewinsky."

Julia zuckte zusammen und Carrie lachte laut.

Eine Frau streckte ihren Kopf aus der Küche hervor. „Hi, ihr. Ich bin immer noch am Kochen, aber ich komme gleich und stelle mich vor."

„Bleib du nur da drin und koche, Weib", zog Lewis sie auf.

Sie zeigte ihm mit einem spitzbübischen Grinsen den Stinkefinger und verschwand dann.

„Tja. Das ist Dea, meine Chefin."

„Deine *Chefin?*", erwiderte Julia.

„Na ja... Frau... wie auch immer", erklärte er und alle kicherten. „Die Mädchen besuchen für ein paar Tage ihre Großeltern, bevor die Schule wieder losgeht."

„Das ist okay", sagte Julia.

„Nein, nicht wirklich. Ich verstehe nicht, warum ihre Großeltern darauf bestehen, sie zurückzuschicken."

Während ich beobachtete, wie Barry Lewis und Julia miteinander umgingen, wurde mir plötzlich klar, an wen er mich erinnerte. An meinen Dad. Nicht wegen seines Aussehens, er sah überhaupt nicht aus wie mein Dad, es war etwas in seinem Lächeln und seiner freundlichen Art. Das führte dazu, dass mich eine Heimwehwelle überkam, was verrückt war, denn ich war mit sechzehn von Zuhause ausgezogen und hatte niemals zurückgeblickt.

„In Ordnung", sagte Lewis. „Das Abendessen wird ungefähr in vierzig Minuten oder so fertig sein. Lasst mich euch zeigen, wo ihr schlafen werdet."

Lewis führte uns den Flur entlang. „Okay. Jungen hier, Mädchen hier."

Tja, das war komisch. Ich durfte noch nicht mal mit Julia in einem Zimmer schlafen? Ich begann meinen Mund zu öffnen, um zu protestieren. Dann hielt ich inne. Ich würde nicht mit einem 1,95 m großen und 120 Kilo schweren Marine streiten.

Und außerdem hatten wir in letzter Zeit sowieso nicht miteinander geschlafen.

Großer Bruder (Julia)

Dea Lewis war eine zierliche Frau, fast unscheinbar, und obwohl ihre Absätze sie ein paar Zentimeter größer machten, war sie trotzdem mit ziemlicher Sicherheit kleiner als 1,50 m. Neben ihrem riesigen Ehemann wirkte sie winzig, aber sie ließ eindeutig nicht zu, dass ihre Größe ihren Willen beeinflusste. Sie begann, Barry herumzukommandieren wie ein Drillsergeant.

Wie jeder schlaue Mann tat er, was man ihm sagte.

Ein paar Minuten später setzten wir fünf uns an den Tisch. Alle außer Dea, die um uns herumschwirrte wie ein Vogel. Sie brachte Teller, Gläser und das Essen aus der Küche. Sie verweigerte heftig jede Hilfe und platzierte große, weiße Teller vor uns, auf denen etwas lag, das aussah wie Bällchen, geformt aus Blättern mit einer Soße.

Carrie sah sie interessiert an und Sean entsetzt. Cranks Augen blickten schnell zu mir und dann zu Sean.

„Das ist Lu'au", sagte Barry. „Mein Lieblingsessen von Zuhause."

Dea lachte. „Tacos sind ein Essen von Zuhause für dich."

„Sei du still. Nur weil ich in Texas aufgewachsen bin, bin ich noch lange kein Junge vom Lande."

„Mit was sind sie gefüllt?", fragte Sean.

Dea lächelte. „Das sind Taroblätter in Kokosnussöl ausgebacken."

Crank und Sean aßen nie etwas anderes als Fleisch und Kartoffeln. Ich beobachtete beide heimlich, aber keiner von ihnen sagte etwas. Sean streckte vorsichtig seine Gabel aus und aß einen winzig kleinen Bissen. Dann wurden seine Augen groß und er begann zu essen.

Das war der Beweis. Sean und Crank waren im Grunde immer noch Kinder.

Dea lächelte, als sie Seans Begeisterung sah, und setzte sich endlich hin.

„Du kommst aus Samoa?", fragte Sean.

„Meine Mutter kommt aus Samoa", erklärte Barry. „Mein Dad ist aus Texas. Er lernte sie natürlich während seiner Zeit in der Army kennen und brachte sie mit hierher. Aber wir haben alle paar Jahre meine Verwandtschaft dort besucht. Erzählt ihr mir nun, wie ihr euch kennengelernt habt?"

Ich lächelte. „Auf einer Antikriegsdemo im letzten Herbst", sagte ich. „Cranks Band hat dort gespielt und ich gehörte zum Organisationsteam."

Dea runzelte die Stirn, aber Barry sagte: „Gut für dich. Ihr habt euch also bei dieser Demo kennengelernt und dann… seid ihr gleich zusammengekommen?"

Ich lächelte und sah hinüber zu Crank, versuchte, das Loch in meinem Herzen zu verbergen. „Nicht sofort. Ich brauchte ziemlich lange, um mich zu öffnen."

„Das wundert mich nicht, bei der Scheißkindheit, die du hattest."

„Barry", sagte Dea rügend.

„Es ist die Wahrheit, Dea. Julia und Carrie hatten als Kinder alles. Nur keine Eltern. Ihre Eltern waren zu sehr mit sich selbst beschäftigt, um sich um die Kinder zu kümmern. Ich gehörte damals zum Corps und durfte nichts sagen, aber ich kann jetzt verdammt noch mal sagen, was ich will."

Die Ausdrucksweise verärgerte seine Frau. Sie wurde rot. „Nein, das kannst du nicht, nicht an meinem Esstisch."

„Na ja…"

„Barry…"

„Tut mir leid", murmelte er. „Ich wollte nicht fluchen. Aber egal, mal ehrlich. Ich liebte diese kleinen Mädchen, als wären es meine Töchter."

„Du wirst für mich immer wie ein großer Bruder sein", sagte ich. Ich weiß, ich war lächerlich rührselig, das war eindeutig, zu viele am Tisch verdrehten die Augen. Es war mir egal. Barry Lewis hatte mir durch die einsamsten Tage meines Lebens geholfen. Ich musste mich für meine Zuneigung zu ihm nicht rechtfertigen.

Meine Augen wanderten zu Crank. Ich liebte ihn. Aber in letzter Zeit fühlte ich mich sogar bei Crank einsam und unsicher. Und ich wollte mich nicht mehr so fühlen.

Sternschnuppen (Crank)

Die Unterhaltung ging immer so weiter, ehrlich. Verstehen Sie mich nicht falsch, ich weiß mehr als nur zu schätzen, was Barry Lewis für Julia getan hat, vor allem, dass er sich um sie gekümmert hat, als sie es brauchte. Er war ein guter Mensch und ein guter Freund für sie. Er war ihre Familie, wirklich.

Aber eben nicht meine. Im Moment fühlte ich mehr Distanz zwischen mir und Julia als während dieser kalten Tage, als sie sich, kurz nachdem sie begonnen hatte die Band zu managen, von mir getrennt hatte. Damals hatten wir nur noch geschäftlich verkehrt, alles hatte sich nur noch um die Arbeit gedreht, ich war nicht in der Lage gewesen, sie zu berühren oder in ihr Ohr zu flüstern oder sie zu lieben, wie sie es verdient hatte.

Als Barry und Julia ins Wohnzimmer gingen, um sich bei einem Kaffee weiter zu unterhalten, entschuldigte ich mich. Ich brauchte frische Luft, also trat ich hinaus in die dunkle texanische Nacht und ging spazieren.

Dabei realisierte ich, nachdem sich meine Augen an die Dunkelheit gewöhnt hatten, so ganz nebenbei Folgendes: Während der zweiundzwanzig Jahre, die ich in

Boston gewohnt hatte, hatte ich niemals gewusst, dass der Vollmond hell genug ist, dass man nachts völlig gefahrlos herumlaufen kann. Das Licht war silbern, überirdisch, es schien über die Gegend und hinterließ dunkle, schwarze Schatten in der zerklüfteten Landschaft.

Während ich so vor mich hin lief, dachte ich über diesen Sommer nach und fragte mich, warum wir so sinnlos gestritten hatten. Warum *ich* so reagiert hatte, wie ich reagiert hatte. Denn wenn ich darüber nachdachte, dann war es wirklich klar, dass das alles meine Schuld war. Ich war ein Idiot gewesen. Ich war eifersüchtig gewesen. Preston war ein kleiner Arsch, aber ich war derjenige gewesen, der sich wie ein Idiot aufgeführt hatte.

Ich ging leichten Fußes weiter, dabei achtete ich nicht wirklich darauf, in welche Richtung ich lief. Die Einfahrt war fast eineinhalb Kilometer lang, ich konnte ihr also einfach folgen, ohne mich zu verirren. Ich hatte mich knapp zweihundert Meter vom Haus entfernt, als ich nach oben schaute und den Himmel sah.

Jetzt untertreibe ich. Ich sah nicht einfach den Himmel. Ich *sah* den Himmel. Und ich holte schnell keuchend Luft, denn der Himmelsdom war über und über mit tausenden von Sternen bedeckt, teilweise waren sie so dicht beieinander, dass es aussah wie Wolken.

Ich hatte noch niemals so einen Himmel gesehen.

Es war nicht ruhig hier draußen, überhaupt nicht… Im Gegenteil, es war ziemlich laut. Grillen und Frösche und andere Tiere, von denen ich keine Ahnung hatte, was sie waren, veranstalteten ein lautes Konzert zu der stillen Sinfonie, die sich am Himmel abspielte. Während ich nach oben starrte, fühlte ich, wie mich Frieden überkam, Frieden, wie ich ihn seit langer Zeit nicht mehr gespürt hatte. Und in dem Moment geschah es. Ich legte meinen Kopf in den Nacken, beobachtete mit geöffnetem Mund den Himmel, als über mir etwas aufleuchtete, eine kurze Linie aus Träumen zog über den Himmel. Eine Sternschnuppe.

Ich wünschte mir schnell etwas. Dann schloss ich meine Augen. Vielleicht war es einfach nur Quatsch, sich bei einer Sternschnuppe etwas zu wünschen, aber zu diesem Wunsch konnte ich vielleicht etwas beitragen. Ja, ich hatte dumme Sachen gemacht. Aber nichts, das ich gesagt oder getan hatte, nichts, das Julia gesagt oder getan hatte, war unverzeihlich. Es wurde Zeit, dass wir miteinander redeten.

Ich drehte mich um und begann zurückzulaufen. Ich war etwa zehn Schritte gegangen, als ich die Stimmen hörte. Ich hielt sofort an.

Es stellte sich heraus, dass Stimmen in einer dunklen texanischen Nacht, in der es bis an den Horizont kaum nennenswerten Verkehr und Gebäude gibt, sehr weit tragen. Ich brauchte ziemlich lange, um herauszufinden, von wo sie kamen, aber schließlich wurde es mir klar und ich sah die beiden Silhouetten, die sich auf der Motorhaube eines Autos etwa auf halber Strecke zwischen mir und dem Haus niedergelassen hatten. Die Stimmen waren unverkennbar. Carrie und Sean.

Es war zum Verrückt werden. Ich konnte *gerade so* die Stimmen hören, aber nicht verstehen, was sie sagten. Nicht, dass es mich etwas anging. Ich hätte ein Geräusch erzeugen und dann weiter in ihre Richtung laufen sollen, auf diese Weise wäre klar gewesen, dass ich mich näherte und nicht versuchte zu lauschen. Es stellte sich heraus, dass das nicht nötig war. Zwei Minuten später hörte ich: „*Gott,* du bist so ein Arsch!"

Bei diesen Worten stand Sean auf und begann hin und her zu laufen. Ich hörte ein paar weitere unverständliche Worte, dann stakste er davon. Bei Sean ist das schwer zu sagen – seine Haltung ist immer steif, seine Stimme immer etwas zu laut – aber er schien verärgert zu sein, als er davon ging.

Carrie, die immer noch auf der Motorhaube des Autos saß, bewegte sich überhaupt nicht. Ich ging weiter, näherte mich langsam, um sie nicht zu erschrecken.

„Hey, Crank", sagte sie, als sie mich sah.

„Hey... Geht's dir gut?"

Sie nickte in der Dunkelheit. „Ja. Ich bin..." Sie schüttelte ihren Kopf und sagte dann mit herausfordernder Stimme. „Sind alle Männer totale Idioten oder nur du und dein Bruder?"

Häh? Ich ließ mich auf der Motorhaube des Autos nieder. Es war ein alter Mercedes aus den Siebzigern, mit einer fleckigen, rostigen Motorhaube und einer kaputten Windschutzscheibe.

Ich versuchte, für ein paar Sekunden rücksichtsvoll auszusehen. „Ich denke, das sind so ziemlich alle Männer."

Sie kicherte.

„Mal ernsthaft, was ist los?"

Sie zuckte mit ihren Schultern. „Sean..."

Ich sah sie an, um meinen Kopf drehten die Fragezeichen Kreise. „Seid ihr, du und Sean... ähm?"

„Nein. Aber... Ich meine... Es ist nicht...". Sie stieß ein lautes Grollen aus.

Ich hob meine Augenbrauen. „Ich verstehe es nicht."

„Es ist nur, dass... Ich sehe, was du mit Julia hast und ich sehe dabei zu, wie du es wegwirfst und das führt dazu, dass ich denke, ihr seid alle eine Horde Idioten. Sie betet dich an, Crank. Weißt du, wie selten das ist? Ich kann mich glücklich schätzen, wenn ich jemals jemanden finde, den ich auch nur halb so sehr lieben werde."

„Warum sagst du das?"

„Ähm, sieh mich doch an. Ich bin 1,90 m groß. Ich bin ein Wissenschaftsfreak. Die Jungen, die ich an der Highschool kannte, erstarrten entweder, wenn sie in meiner Nähe waren, oder waren komplette Idioten. Das ist einer der Gründe, warum ich Sean liebe."

„Wie meinst du das?"

„Na ja, er ist nicht unbedingt mein Typ, aber er verstellt sich nicht in meiner Gegenwart oder hat Angst, dass ich ihn, wenn er seinen Mund aufmacht, zurückweise oder so was."

Ich schnaubte. „Sean kann sich gar nicht verstellen."

Sie grinste höhnisch und schüttelte ihren Kopf. „Natürlich kann er das", antwortete sie. „Ich weiß sicher, dass er dir nicht gesagt hat, wie sauer er auf dich ist, wegen dem, was zwischen Julia und dir los ist. Was mich wieder darauf bringt, was für ein Idiot du bist. Ich würde *alles* dafür tun, um das zu haben, was du mit Julia hast."

Ich seufzte. „Carrie, weißt du, eines Tages wirst du einen Mann finden, der dein Seelenverwandter ist. Jemand, der alles für dich tun würde. Jemand, durch den du dich vervollständigt fühlen wirst."

Sie schüttelte sanft ihren Kopf vor Frust. „Wenn das geschieht, dann werde ich zu ihm stehen, das garantiere ich dir. Ich werde seine Stärke sein und er meine. Ich werde nicht zulassen, dass so ein dummer Mist sich zwischen mich und meine Liebe stellen wird. Es ist eine verdammte Schande zu sehen, dass ihr, du und Julia, das macht."

„Es ist nicht so einfach", protestierte ich.

„Quatsch. Es *ist* so einfach. Geh zu ihr. Sag ihr, dass es dir leid tut und bitte sie, dir zu verzeihen. Ende."

Ich wollte fragen, warum *ich* der Einzige war, der um Verzeihung bitten sollte. Sie führte sich seit Wochen auf wie eine schreckliche, kalte Zicke. Und zwar *nachdem* sie mit dem Prestonarschloch aus Harvard geflirtet hatte. Warum zur Hölle musste *sie* sich nicht entschuldigen?

Ich kapierte, dass ich, wenn ich so dachte, wie ein Kleinkind klang, aber ich konnte mir nicht helfen.

Die Sache ist die, etwas zu erkennen ändert noch nichts. Ich wusste, dass ich dumm war. Ich wusste, dass ich zu ihr gehen und sie um Verzeihung bitten musste. Aber ich *wollte* es nicht.

Ich konnte nicht anders, als mich zu fragen, was mich diese Dickköpfigkeit kosten würde. Vielleicht alles. Ich stieß ein Seufzen aus. „Ich denke nicht, dass sie mir verzeihen wird, Carrie. Ich meine... würdest du es?"

Sie lehnte sich näher zu mir herüber und legte ihren Kopf auf meine Schulter. „Das ist etwas, das ihr herausfinden müsst. Aber lass die Chance nicht einfach verstreichen, Crank. Du kannst sie nicht gehen lassen, ohne es zu versuchen."

Ich stöhnte, lehnte mich auf der Motorhaube zurück und schaute hinauf in den Himmel. Sternschnuppen mochten Mist sein, ich wusste, sich einfach nur etwas zu wünschen, würde nicht genügen. Wenn ich sie wollte, musste ich zu ihr gehen.

KAPITEL 6

Mon Amie la Rose

Ich werde mit ihm reden (Julia)

*A*ls die Sonne durch das Fenster schien und ich meine Augen öffnete, hämmerten tausend süße, kleine Elfen gleichzeitig Nägel in mein Gehirn. Ich zuckte zusammen und schloss die Augen, dann versuchte ich mich zu erinnern, wo ich war und was ich hier tat.

Ich war bei Barry Lewis in Seminole, Texas. Ich hatte gestern Abend beim Essen einen oder auch zwei Drinks getrunken und nach dem Essen noch mehr. Ich erinnerte mich daran, dass Sean und Carrie irgendwann spazieren gegangen waren, zuvor hatte Crank sich entschuldigt. Hatte ich mit Barry über Crank gesprochen?

Ich konnte mich nicht erinnern, was merkwürdig und beschämend war, denn ich trank normalerweise nicht viel. Auf jeden Fall nie soviel, dass ich mich hinterher nicht erinnern konnte. Aber das Letzte, an das ich mich erinnerte, war, dass ich ziemlich vage von der Tour erzählt und versucht hatte, nicht zu erwähnen, was passiert war.

Das war unangenehm, vor allem deshalb, weil ich nicht wollte, dass Barry Crank verprügelte, und ich hatte keinerlei Zweifel, dass er das tun würde, wenn man ihn entsprechend provozierte.

Ich hörte nervöse Stimmen im Flur und erstarrte. Cranks Stimme. Carrie. Sean. Barry. Sie waren alle dort draußen und ich war nicht dabei, um den Frieden aufrecht zu erhalten, obwohl ich vermutlich das Problem verursacht hatte. Ich musste meinen Hintern aus dem Bett bekommen und schauen, dass mit Crank alles okay war.

Ich warf die Bettdecke zur Seite und stolperte viel zu plötzlich aus dem Bett, in meinem Kopf pochte es und mein Körper bewegte sich in hundert Richtungen gleichzeitig. Als erstes verließ ich das Bett. Als zweites stieß ich mit einem lauten Krachen mit meinem Kopf gegen die Zimmertür. Ich fiel auf meine Knie und das wäre alles kein Problem gewesen, aber anscheinend hatten alle im Flur gehört, dass ich mit meinem Kopf gegen die Tür gestoßen war, denn gleich darauf lief eine Horde Füße den Flur entlang, wie eine Elefantenherde bei einem Amoklauf. Und dann öffnete Carrie die Tür zu schnell und zu heftig. Sie ging auf und flog mir direkt ins Gesicht.

„Au!", schrie ich auf.

„Julia!", rief Carrie. Sie sah besorgt aus. Dea stand neben ihr und hob ihre Hand zu ihrem Mund. Cranks Mund öffnete sich. Sean und Barry wurden beide sehr rot und drehten sich um, und in dem Moment bemerkte ich nicht nur, dass meine Nase gleich losbluten würde, sondern vor allem, dass ich weder ein Nachthemd noch einen BH an hatte.

„Weg!", befahl Dea.

Barry und Sean verschwanden sofort, aber Crank war stur.

„Julia? Was – "

„Geh!", befahl Dea und schob ihn praktisch von der Tür weg.

Carrie und Dea kamen hinein und schlossen die Tür. Sie halfen mir zusammen auf die Füße und Carrie wickelte schnell ein Bettlaken um mich.

„Lehn deinen Kopf zurück", sagte Dea, „und halt die Nase zu. Das wird gleich bluten. Du bist völlig durch den Wind, Mädchen."

„Ich bin nicht durch den Wind", grummelte ich. Aber meine Nase blutete *wirklich*.

Carrie bewegte ihre Hände. „Julia, das tut mir so leid! Ich wollte dich nicht…"

„Schhhh", sagte Dea. „Sie weiß, dass du ihr nicht wehtun wolltest."

Ich zuckte mit den Schultern und ließ zu, dass Dea mich zu einem Stuhl führte. Innerhalb von Minuten saß ich mit zurückgelehntem Kopf und einem Eispack auf der Nase da, was übrigens schrecklich wehtat.

„Möchtest du darüber reden?", fragte Carrie.

„Nein", antwortete ich.

„Es ist nicht gut, alles in sich hineinzufressen", sagte Dea.

„Was habe ich gestern alles erzählt?" Ich stöhnte, als ich die Frage stellte.

„Du hast viel gesagt, junge Dame. Du hast gesagt, dass du ihn liebst. Du hast gesagt, dass du aufhören musst, dich so zu verhalten und ihn um Verzeihung bitten musst."

„*Was?*" Das hatte sie wohl falsch verstanden. Sie dachte, dass ich gesagt hatte, dass ich Crank um Verzeihung bitten musste, dabei war er es, der sich bei mir entschuldigen musste. „Das kann ich nicht gesagt haben."

Dea hob eine Augenbraue und sah mich skeptisch an.

Ich seufzte. „Okay. Vielleicht habe ich das doch gesagt, zumindest teilweise."

Sie schüttelte ihren Kopf, und setzte sich dann mir gegenüber auf einen Stuhl. „Julia, ich werde dir unaufgefordert einen kleinen Rat geben."

Das konnte ja heiter werden.

„Was für einen Rat?", fragte ich.

„Die Art von Rat, die dir eine Menge Herzschmerz ersparen kann. So wie ich das sehe, habt ihr euch nicht wirklich gegenseitig wehgetan. Ihr seid um die Sache herumgetänzelt. Ihr habt Spielchen miteinander gespielt. Du hast mit einem anderen Typen geflirtet und jetzt weißt du, dass ihn das verärgert. Und er weiß jetzt, dass, wenn er mit anderen Frauen flirtet, *dich* verärgert. Aber gehe ich richtig in der Annahme, dass du bisher nichts weiter gegen ihn unternommen hast?"

Ich zuckte mit den Schultern. „Natürlich nicht", sagte ich.

„Und er auch nicht?"

Das war nicht wirklich eine Frage. Anscheinend hatte mein betrunkenes Ich, das alles bereits erzählt.

„In Ordnung, dann ist nichts weiter passiert. Bis jetzt. Aber ich garantiere dir, wenn du so weiter machst, dann wird es schmerzvoll werden. Du bist total sauer auf ihn und er ist total sauer auf dich, irgendwann wird einer von euch etwas Unverzeihliches tun oder sagen. Und ich denke nicht, dass du das möchtest."

Carrie nickte die ganze Zeit, während sie sprach. Als ob sie etwas über Liebe und Schmerz und Verlust wusste.

Das war unfair. Carrie hatte sich ihr ganzes Leben lang um uns gekümmert – auch um mich.

Ich seufzte. „Du hast recht."

„Also, was wirst du tun?"

„Ich werde mit ihm reden."

Dea sah mir ernst in die Augen und nickte kurz. „Lass das Eis noch ein bisschen auf deiner Nase, dann sollte es nicht schlimm werden. Ich sollte zurück zu den anderen gehen… ich war gerade dabei, das Frühstück zu machen, und der arme Barry wird noch das Haus in Brand setzen.

Dea öffnete die Tür und verschwand schneller, als ich reagieren konnte, mein Mund öffnete sich erst, nachdem sich die Tür mit einem sanften Klicken geschlossen hatte.

Ich kann das nicht (Crank)

Julias Nase war geschwollen und rot, aber nicht gebrochen. Sie vermied es, mir in die Augen zu schauen, als sie an den Frühstückstisch kam und beteiligte sich gar nicht an der Unterhaltung, was für uns andere unglaublich peinlich war, schließlich war sie diejenige, die alle am Tisch kannte.

Carrie und Sean schlossen die Unterhaltungslücke, als sie begannen, über die Unterschiede der norwegischen und der gemeinen Ratte zu debattieren. Welcher Rattentyp war verbreiteter in Boston und welcher in San Francisco? Und sie sprachen über die besten Methoden, ihre Population unter Kontrolle zu halten, ohne die Umwelt zu schädigen. Und nein, ich habe mir das nicht ausgedacht. Sie waren wie zwei alte Freunde, die sich beim Frisör über Baseballergebnisse unterhielten. Außer, dass sie nicht über das verfluchte Baseballspiel, sondern über Ratten und Vermehrungsgewohnheiten und die ökologischen Auswirkungen und solchen Scheiß sprachen.

Von welchem Planeten kamen sie nur?

Ich saß da, starrte sie an und irgendwann sah mir Barry in die Augen, grinste und hob seinen Augenbrauen. Ich zuckte mit den Schultern und grinste zurück, dann aß ich meinen Speck. Denn mal ehrlich, was hätte ich tun sollen?

Die ganze Zeit, während der sie sich unterhielten, saß ich ruhig und unbehaglich da, fühlte, dass es bald soweit sein würde. Ich wusste, dass sie jede Minute wie eine Bombe explodieren würde. Sie sah verkatert aus, ihr Haar war durcheinander, sie hatte verquollene Augen, zwischen ihren Augenbrauen war eine tiefe Furche. Normalerweise war Julia einfach nur schön und das war sie jetzt auch, aber ihr Gesichtsausdruck führte dazu, dass ich dachte, ihre Augenbrauen wären verdammte Raupen, die über ihr Gesicht liefen. Und ich wollte mich nicht mal in die Nähe ihrer Zähne begeben, denn ihre Schneidezähne sahen tödlich aus.

Also Sean und Carrie quasselten über… Na ja… jetzt klang es, als ob sie bei der Beulenpest angelangt wären. Julia saß da und sah erbärmlich aus. Ich saß da und fühlte mich unbehaglich. Dea verdrehte ihre Augen in Barrys Richtung, also stand er auf, ging in die Küche und kam mit einer weiteren Ladung Speck zurück.

„Hier", sagte er, „esst auf."

„Barry", warnte Dea ihn mit ihrer Stimme und ihrem Blick.

Er seufzte und rollte mit seinen Augen, dann drehte er sich zu mir um. „Crank. Lass mich dir beim Beladen des Autos helfen."

Ich blinzelte. Wirklich, ich brauchte keine Hilfe, alles, was wir ausgeladen hatten, waren ein paar Reisetaschen, und jeder hatte seinen Rucksack dabei. Ich sagte aber nichts, denn es war klar, was er wollte.

Julia sah es auch und sagte ihre ersten Worte während des Frühstücks. „Mach dir keine Gedanken, Barry, wir kriegen das hin."

Er sah sie an und schüttelte seinen Kopf. „Wir werden uns nur unterhalten." Er stand auf und winkte mit seinem Finger nach mir, als wäre ich ein fehlgeleitetes Kind.

Ich setzte einen unlesbaren Gesichtsausdruck auf, meine Haltung war so stur wie möglich, aber innerlich seufzte ich wie ein Teenagermädchen. Julia bewegte sich und für eine Sekunde dachte ich, sie würde aufstehen, um mich zu verteidigen oder so etwas. Das hätte das Fass zum Überlaufen gebracht, also folgte ich Barry nach draußen, so als ob ich mich auf die Unterhaltung freuen würde.

Bis wir hinaus in die texanische Sommerhitze traten, hatte ich nicht bemerkt, wie gut die Fenster isoliert waren. Sie traf mich wie ein Suchscheinwerfer, die heiße Luft verbrannte meinen Hals und meine Lunge, so als ob ich meinen Kopf in einen Ofen gesteckt hätte.

Wenn ich so darüber nachdachte, war das ein guter Vergleich.

Barry sah sich eine Sekunde lang um, ballte dann seine Hände zu Fäusten und streckte sie wieder. Wissen Sie was? Er hatte keine einzige Tasche dabei, um sie ins Auto zu laden.

Ich würde es ihm nicht leichter machen.

Mal ernsthaft, der Hauptzweck dieser kleinen Unterhaltung war, mich wegen *meiner Freundin* zurechtzuweisen. Mir zu sagen, dass ich es versaute, dass ich ihr irgendwie das Herz brach und so weiter und so fort. Er würde mir sagen, dass er mich umbringen würde, wenn ich ihr wehtat.

Da das Drehbuch also schon feststand, schien es, als ob wir gleich ans Ende springen konnten, wo er mir drohte, mich umzubringen.

Ich sah hinunter auf den Staub und den Schotter der Einfahrt, dann öffnete ich meinen Mund, um seiner Attacke mit einer sarkastischen Bemerkung zuvor zu kommen. Aber was unfiltriert aus meinem Mund kam, war etwas völlig anderes, als die zynischen Worte der Verteidigung, die ich geplant hatte.

„Barry, ich verliere sie und ich weiß nicht, wie ich sie zurückholen soll." Meine Stimme stockte bei den Worten ‚*verliere sie*'.

Er machte eine Faust und sagte dann etwas, dass anscheinend auch ungefiltert aus *seinem* Mund kam: „Weil du ein verdammtes Kind bist, Crank."

Tja, das war schon besser. Ich öffnete meinen Mund. Dann schloss ich ihn wieder. Was er als nächstes sagte, erschütterte mich bis ins Mark.

„Sie erinnert sich nicht an das, was sie uns gestern Nacht erzählt hat. Aber sie hat geweint. Sie hat geweint, weil ihr nicht miteinander redet, weil sie sich dir vollständig geöffnet und jetzt mehr als nur schreckliche Angst hat. Sie liebt dich, du kleiner Scheißkerl. Wäre es nicht so, dann hätte ich dir schon lange dafür in den Arsch getreten, dass du meinem kleinen Mädchen wehgetan hast. So wie die Dinge stehen, wirst du dich gefälligst darum kümmern, dass die Sache wieder in Ordnung kommt, und wenn es das Letzte ist, das du tun wirst."

Ich schluckte. „Wie?"

Er schüttelte seinen Kopf. „Rede verdammt noch mal mit ihr, du Schwachkopf! Sag ihr, wie du dich fühlst. Reagiere nicht auf Dinge, die ein Problem sein *könnten*, frag sie einfach danach. Dieser verdammte Preston-Typ... hat sie dir gesagt, dass sie in seiner Gegenwart eine Gänsehaut bekam? Hat sie dir gesagt, dass er ein kompletter Idiot war, und dass sie einsam war und dich gebraucht hat?"

Mir wurde das Herz schwer. „Nein", gab ich zu. „Sie... Sie hat während der Tour unheimlich viel Zeit mit ihm verbracht."

„Ja und nachdem, was sie gesagt hat, hast du dich ab dem ersten Tag wie ein Idiot benommen. Wie ein eifersüchtiges, unsicheres Kind."

Ich seufzte und ließ mich dann gegen den Mustang sinken. Was er sagte, stimmte genau. Ich hatte ihr niemals die Chance gegeben, darüber zu reden, denn ich war vom ersten Tag an sauer gewesen, schon im Auto auf dem Weg vom Flughafen in die Stadt.

Ich hatte sie im Stich gelassen, als sie mich am meisten gebraucht hatte.

„Sieh mal, Mann", sagte er, „dies ist deine einzige Chance, denn sie hat mir gesagt – "

Er brach plötzlich ab, als sich die Haustür des Wohnwagens öffnete. Julia stakste heraus, sie hatte ihren Rucksack über ihre Schulter geworfen, Sean und Carrie folgten dicht hinter ihr.

„Ihr habt genug über mich geredet, Jungs."

Barry sah mir in die Augen, zuckte kurz mit den Schultern und drehte sich dann zu Julia um, als sie auf uns zukam.

„Barry... ich fühle mich schrecklich, weil unser Besuch so merkwürdig war."

Er schenkte ihr ein schräges Lächeln. „Baby-Girl, du bist hier immer willkommen. Ich weiß, dass die Dinge im Moment etwas komisch sind, aber es wird besser werden."

Dann schaute er mich mit einem tödlichen Starren an, von dem ich ziemlich sicher war, dass es es auch den irakischen Kommandeuren gegenüber verwendet hatte, bevor er sie fertiggemacht hatte. Ich nickte nur zurück. Ich war entschlossen, sie nicht zu verlieren, ich wusste nur nicht, was dafür alles nötig sein würde.

Wir umarmten uns und schüttelten uns zum Abschied alle die Hände, und dann begannen wir, ins Auto zu steigen. Sie ging hinüber zur Fahrerseite – das war ein deutliches Zeichen.

Ich gab ihr die Schlüssel.

Sie blinzelte, war ein bisschen ernüchtert, denn ich vermute, sie hatte mit einem Streit gerechnet. Ihre Schultern sackten ein bisschen herab und sie atmete aus. „Willst du fahren? Ich könnte ein Nickerchen machen.“

„Klar“, antwortete ich.

Sie schenkte mir ein verschwindend kleines Lächeln und gab mir die Schlüssel zurück, dann ging sie hinüber auf die Beifahrerseite.

Was. Zur. Hölle?

Egal. Vielleicht sollte ich öfter nachgeben. Wir stiegen ins Auto und ich ließ den Motor an. Wir winkten den Lewis' zum Abschied zu und dann verschwanden wir von hier.

Als ich schließlich das Ende der Einfahrt erreichte, sah ich zu ihr hinüber und fragte: „Soll ich das Verdeck runter machen?“

„Warum fragst du mich? Warum fragst du nicht sie?“

Oh, Himmel nochmal. War das alles wirklich nötig? Ich schluckte und sah über meine Schulter. Carrie und Sean sahen mich mit ausdruckslosen Gesichtern an. Sie waren absolut keine Hilfe. Ich hob meine Augenbrauen und streckte meine Arme aus. *Was?*

„Natürlich, Crank, warum machst du nicht das Verdeck runter?", sagte Carrie.

„Super, danke."

Ich griff nach den Verschlüssen auf beiden Seiten der Windschutzscheibe. Julia murmelte etwas und verschränkte ihre Arme vor der Brust. Ich seufzte und holte Luft. Ich meine, mal ehrlich, was hatte ich getan? Was war so beleidigend daran, *sie zu fragen*, ob sie das Verdeck oben oder unten haben wollte?

„Ist alles okay?", fragte ich, als ich den Knopf drückte und das Verdeck begann, sich zusammenzufalten.

Julia verdrehte ihre Augen.

„Bitte", sagte ich leise und versuchte, die Illusion aufrecht zu halten, dass Sean und Carrie nicht jedes Wort mithören konnten. Sie hatten beide ihre Nasen in ein Buch gesteckt, aber sie lasen nicht. „Julia... ich weiß nicht, was ich falsch gemacht habe. Wenn du nicht möchtest, dass ich das Verdeck runter mache, dann lassen wir es."

„Was tut das schon zur Sache? Es ist mir egal, ob das Verdeck oben oder unten ist. Wirklich, Crank. Du machst doch sowieso, was du willst. Warum fragst du überhaupt, was ich möchte?"

„Oh, um Gottes Willen", murmelte ich.

Inzwischen war das Verdeck vollständig unten und Carrie und Sean knöpften die Hülle fest, ohne dass man sie darum gebeten hatte. Ich bog rechts ab und begann die Fahrt. In ein paar Minuten würden wir wieder auf der Landstraße sein, die uns zu einer Schnellstraße führen würde, und dieser würden wir folgen, bis wir den Highway erreichten, der nach Hause führte. Und je schneller wir fahren würden, desto schneller würde es im Auto zu laut werden, um zu verstehen, was sie sagte.

Bei diesem Gedanken fuhr ich ein bisschen langsamer. Okay. Es war unangenehm. Es war stressig. Ich fühlte mich, als ob sie mich verurteilte und mir keine Chance gab, aber Tatsache war, ich hatte es vermasselt. Also sagte ich die Worte, die mir schwerfielen. Die mir manchmal wirklich sehr schwer fielen. Aber sie waren nötig.

„Es tut mir leid."

Im Auto war es für die nächsten fünfundvierzig Jahre oder sowas, ruhig, denn sie antwortete nicht. Ich erreichte die Schnellstraße und bog nach rechts in Richtung Süden auf die US 385 ab, es war eine karge leere Strecke, die bis über den Horizont hinaus in Richtung Odessa führte. Ich fuhr bald schneller, die heiße Luft, die durch das Auto wirbelte, kühlte uns kein bisschen. Im Rückspiegel konnte ich sehen, wie Carries Haare in alle Richtungen flogen und sie duckte sich hinter den Sitz und versuchte sie unter ein Tuch zu binden.

„Carrie, soll ich das Verdeck schließen?", rief ich.

Sie schüttelte verneinend ihren Kopf, was in Ordnung war. Aber auf dem Sitz vor ihr verdrehte Julia ihre Augen.

„Was?", fragte ich.

Eine Augenbraue wanderte nach unten, die andere nach oben, sie hatte einen skeptischen, höhnischen Gesichtsausdruck.

„Mal ehrlich. Was zur Hölle, Julia?"

„Was, du fragst? Warum bist du jetzt so verdammt rücksichtsvoll, häh? Willst du fahren? Kann ich dir mit dem Gepäck helfen? Carrie, *ich kann das Verdeck auch wieder schließen.*" Ihre Stimme hatte einen höhnischen, unangenehmen Ton, aber die Worte ergaben keinen Sinn.

„Ich verstehe dich nicht."

Ihre Antwort war ein Schreien. „*Natürlich* verstehst du es nicht, Crank! Du verstehst es nie!"

„Wie soll ich es verdammt nochmal verstehen, Julia? Du kommunizierst nicht auf Englisch! Es tut mir leid, dass ich kein Sarkastisch und Anspielerisch verstehe."

„Richtig. Also legst du stattdessen einfach Hand und Mund an ein Groupie an, häh? Auch eine Art zu kommunizieren, Arschloch."

Meine ganzen Vorsätze, mich zurückzuhalten, verließen mich. Ich hatte geplant, sie um Verzeihung zu bitten. Ich hatte geplant, ihr die Füße zu küssen, bis sie mir verzieh. Ich hatte geplant, alles zu tun, was nötig wäre. Stattdessen knirschte ich mit den Zähnen und krallte meine Hände in das Lenkrad, während ich Gas gab.

„Weißt du was, Julia? Ja, ich habe sie geküsst. Weil ich so *verdammt sauer* war. Ich hatte nicht direkt vor deinen Augen eine emotionale Beziehung mit ihr. Du hast nicht zugehört, wie ich tagein tagaus immer über ein Mädchen gesprochen habe. Aber ich schon. Ich habe jeden Tag von dem verdammten Preston Reeve gehört. Preston war in Harvard. Preston ist schon seit einem Jahrzehnt in der Musikbranche. Preston denkt, wir sollten uns links hinstellen. Preston denkt, wir sollten uns rechts hinstellen. Preston denkt, wir stehen auf der Bühne zu dicht zusammen. Preston denkt, deine perfekten kleinen Kinder werden am Ende das verdammte

Harvard einnehmen. Verdammter Preston dies und verdammter Preston das – und du bist überrascht, dass
ich den Hintern dieses Mädchens begrapscht und ihren
Hals geküsst habe?"

Carrie lehnte sich nach vorne. „Falls ihr jetzt mit
einem Handgemenge anfangt, könntest du dann bitte
rechts ran fahren und Sean oder mich ans Steuer lassen?"

„Warum hast du das getan?", kreischte Julia.

„Um dich zu ärgern!"

Mein Herz begann plötzlich, wie verrückt zu schlagen, als ich ein lautes Hupen hörte. Das Auto war bei
einer Geschwindigkeit von etwa hundert Stundenkilo-
metern auf eine andere Spur abgedriftet. Carrie schrie.

„Crank, fahr rechts ran!", rief Sean. „SOFORT!"

Ich bin ein bisschen dickköpfig. Manchmal sogar
dumm, aber ich wollte nicht sterben. Ich trat auf die
Bremse, verlangsamte das Auto so schnell wie möglich
und fuhr dann auf den Standstreifen.

In der Sekunde, in der das Auto stand, öffnete Julia
ihre Tür und begann in einem schnellen Tempo den
Highway entlang zu laufen. Ich stieg aus und folgte ihr.

„Julia!", rief ich.

Sie lief weiter. Ihr Rücken war steif, die heiße Brise
blies durch ihre Haare.

„Halt an und rede mit mir, verdammt nochmal!"

Als ich das sagte, drehte sie sich um. Über ihr Gesicht flossen Tränen. Sie kam schnell zurück zu mir,
hob dann ihre Faust und schlug mir gegen die Brust.
Das tat weh.

„Jetzt willst du reden? Warum nicht vor zwei Monaten? Was zur Hölle ist nur *los* mit dir, Crank?"

„Was zur Hölle?", schrie ich. „Ich habe nicht hiermit angefangen, Julia. Das waren du und der verdammte Preston."

Als ich die Worte schrie, musste ich sogar noch lauter werden, denn ein LKW fuhr hupend an uns vorbei und seine achtzehn Reifen wirbelten Schotter und Staub auf, die auf uns niederprasselten.

Julia wich zurück, dann schrie sie: „Ich liebe *dich*, Crank! Preston ist mir so was von scheißegal! Das war er schon immer. Er ist ein Widerling. Warum konntest du das nicht erkennen?"

Die ganze Wut in mir verschwand schlagartig. Hier ging es nicht um meinen Stolz. Dies war kein Streit mit einem Scheißkerl im Pit oder einer Bar, in der wir spielten. Das war kein Groupie.

Das war Julia. Und sie war verletzt.

„Julia... es tut mir so leid."

„*Was?*", sagte sie und war fassungslos, weil ich so plötzlich klein beigegeben hatte.

„Es tut mir leid."

„Das kannst du nicht machen."

Ich wich im wahrsten Sinne des Wortes einen Schritt zurück, war außer Atem. *Was? Ich konnte was nicht machen?* „Ich verstehe nicht."

„Crank, du kannst nicht einfach so der Gute sein! Du kannst nicht einfach aufhören zu streiten, dich entschuldigen und vernünftig sein. Das ist nicht fair."

Darauf hatte ich keine Antwort. Ich öffnete meinen Mund und schloss ihn dann wieder.

„Sag was, verdammt noch mal!" Ihre Stimme war uneben.

„Ich hatte unrecht", sagte ich. „Ich war eifersüchtig."

„Du warst eifersüchtig?", kreischte sie.

Ich seufzte. Und nickte. „Ja, Babe. Es tut mir leid. Ich war so verdammt eifersüchtig, dass ich nicht mehr klar denken konnte."

Ihr Mund verzog sich ein bisschen zu einer Seite, ihr Kinn war angespannt. „Das war ich auch. Ich war in meinem Leben noch niemals so sauer und eifersüchtig."

„Ich hätte mit dir reden sollen und nicht einfach reagieren." Bei meinen Worten wurden ihre Augen noch feuchter.

„Ich hätte dich beruhigen müssen", gab sie zu.

Ich sah auf den Boden, besah mir die bedeutungslosen Muster im Schotter und Staub, dann schaute ich wieder hinauf in das leere, kummervolle Gesicht der Liebe meines Lebens. „Ich hätte es nicht nötig haben müssen, dass du mich beruhigst, Julia. Ich muss dir vertrauen können."

Ich trat einen Schritt näher zu ihr. Sie reagierte sofort, trat einen Schritt zurück, zog damit ihren alten Schutzpanzer um sich, aber es war erkennbar, dass sie sich stoppte. Nach ein oder zwei Schritten hielt sie an und blieb auf der Stelle stehen. „Ich *vertraue* dir, Crank", flüsterte sie. „Deshalb tut das so weh."

Ich öffnete meinen Mund, um etwas zu sagen, und im gleichen Moment streckte ich meine Hand aus und berührte sie zaghaft mit einer Fingerspitze. Ich sagte meine nächsten Worte mit einer Welle der Hoffnung, „Verzeihst du mir?"

Sie schluckte, ihre Augen waren groß und füllten sich mit Tränen, dann lehnte sie sich nah zu mir heran und flüsterte die Worte in mein Ohr. „Verzeihst du *mir?*"

„Das tue ich", antwortete ich.

„Das tue ich", sagte sie.

Und dann lag sie zum ersten Mal seit Wochen wieder in meinen Armen.

KAPITEL 7

The Game of Love

Nicht die Antwort, auf die ich gehofft hatte (Crank)

*A*ls wir schließlich das Ufer des Mississippi in Memphis, Tennessee erreichten, waren seit unserem ungeplanten Halt am Straßenrand etwas mehr als zwölf Stunden vergangen. Hinter uns ging die Sonne unter, der ganze Himmel leuchtete in Gelb- und Goldtönen, als Carrie den Mustang über die Hernando de Soto Brigde steuerte.

Auf dem Rücksitz lehnte sich Julia an mich und zusammen starrten wir auf die Bögen der Brücke, das Metall wurde durch das Licht angeleuchtet und funkelte.

Den Großteil der letzten zwölf Stunden hatten Julia und ich uns auf dem Rücksitz aneinandergekuschelt, geredet und einander festgehalten. Das erinnerte mich mit voller Wucht daran, wie sehr ich das vermisst hatte: Meine Finger durch ihr Haar gleiten zu lassen, meine Arme um sie zu schlingen. Ihr leises, erdiges Kichern zu hören, wenn sie auf Witze reagierte. Sean und Carrie hatten sich beim Fahren abgewechselt, außer zum Tanken und hin und wieder einer Pause, um auf die Toilette zu gehen, waren sie ohne anzuhalten durchgefahren.

Wir holten auf, was wir versäumt hatten. Wir sprachen über die guten und die schlechten Dinge, die während des Sommers geschehen waren. Wir sprachen über die Tour und unser Leben und unsere Hoffnungen. Aber vor allem berührten wir uns und erneuerten unsere Beziehung zueinander. Wir liebten uns.

Während der ganzen zwölf Stunden unterhielten sich Sean und Carrie über Bakterien. Über Ökologie. Computer. Sean feuerte seine Sätze in seinem lauten schmetternden Ton ab, Carrie antwortete in ihrer leisen, vollen Stimme. Es war klar, dass sie genauso ein Freak wie mein Bruder war und ich fand das toll. Ich mochte vor allem die Tatsache, dass sie die einzige Person war, die ich kannte, die ihn verblüffen konnte. Die einzige Person, die ich kannte, die genauso viel *wusste* wie er. Carrie liebte Wissenschaft. *Liebte* sie.

Als wir die Innenstadt von Memphis erreicht hatten, war die Sonne nicht mehr zu sehen und Dunkelheit hatte sich über der Stadt ausgebreitet. Carrie fuhr weiter, bis wir die andere Seite der Stadt erreicht hatten, dann verließ sie den Highway und folgte den Schildern. Dixie Motor Inn. Das sah... fantastisch aus. Rustikal. Wirklich schäbig, aber es würde Betten haben.

Ich war fertig, aber irgendwie auch aufgeregt, und das Restaurant, das zu dem Motel gehörte, schien noch offen zu haben. Vielleicht konnte ich Julia dazu bewegen, mit mir dort hinzugehen, damit wir reden konnten.

Wir parkten und ich folgte Julia nach drinnen, sie checkte uns ein, denn sie hatte die ganzen Reiseplanungen gemacht. Ich konnte nicht anders, als mich zu fragen, ob ich bei der ganzen Sache nicht aktiver mithelfen sollte. Ich meine... sie war die Managerin der Band, also kümmerte sie sich um die Tour und was damit zusammenhing. Aber was war mit jetzt? Was war darauf die richtige Antwort? Ich wusste nichts, außer dass ich bisher alles falsch gemacht hatte.

Wir konnten das in Ordnung bringen. So viel wusste ich: Ich würde nichts mehr einfach voraussetzen.

Nachdem uns der Mitarbeiter die Schlüssel gegeben hatte – wir hatten Zimmer 210 und 212 – sagte ich: „Hättest du was dagegen, wenn wir uns bei einem Kaffee noch ein bisschen unterhalten?"

Sie schenkte mir ein halbes Lächeln. „Ja, lass uns das tun."

Also brachten wir unsere Taschen auf die Zimmer, Sean und ich in eines und Julia und Carrie in das andere. Ich war nicht glücklich über diese Regelung, aber erstens war es keine gute Idee, die zwei Siebzehnjährigen zusammen in einem Zimmer wohnen zu lassen und zweitens hatten Julia und ich bis heute nicht wirklich viel miteinander gesprochen.

„Hey Leute, Crank und ich gehen noch einen Kaffee trinken", verkündete Julia, nachdem wir das mit den Zimmern geklärt hatten.

Sean und Carrie standen erstarrt da. Carries Augen wanderten schnell zu Sean, ihr Gesicht war unlesbar, dann sagte sie: „Okay. Wir sehen euch dann später."

Das war komisch. Vielleicht hatten sie sich gestritten oder so etwas. Ich hatte keine Zeit, um mich um eine Horde Teenager zu kümmern.

„Lass uns gehen", sagte ich.

Julia schaute die beiden merkwürdig an und wir drehten uns um und gingen den Flur des zweiten Stockwerks entlang, der nur aus nacktem Zement bestand. Es war merkwürdig. Im Auto hatten wir uns immer wieder berührt. Wirklich ständig. Nach Wochen, in denen wir uns nicht angefasst hatten, konnte ich mich nicht zurückhalten. Jetzt war ich auf einmal nervös und während wir auf die Treppen zugingen, fühlte sich der Abstand zwischen uns wie ein Meter an, obwohl es kaum ein Zentimeter war.

Ich wollte sie berühren. Ich wollte sie unbedingt berühren, ihre Hand halten oder meine Hand in die Kuhle in ihrem Rücken legen. Ich liebte diese Kuhle. Ich liebte die Hitze ihrer nackten Haut unter meinen Fingern, es führte dazu, dass ich mich nach dem Gefühl sehnte, mit meiner Hand am Bund ihrer Jeans entlang zu fahren.

Stattdessen gingen wir nach unten. Steif. Eisern. Wir benahmen uns beide wesentlich unbeholfener als seit Langem.

Das Restaurant war wie eine kleinere, schäbigere Version von Denny's, und das war auch schon nicht gerade vornehm. Ein abgewetzter Teppich dämpfte unsere Schritte, als wir das Restaurant betraten. Im Hintergrund, vermutlich in der Küche, lief Country Music.

Eine Frau, die knapp über Vierzig war, begrüßte uns. „Hallo. Zwei Personen?"

Sie führte uns zu unserem Tisch und platzierte mit einem Lächeln die Speisekarten vor uns. „Jeannie ist ihre Kellnerin, sie wird gleich hier sein. Kann ich Ihnen schon etwas zu Trinken bringen?"

„Haben Sie Earl Grey?", fragte Julia.

„Tut mir leid, wir haben keine Alkoholausschanklizenz, aber ein Stück weiter die Straße runter ist Stanley's, sie haben bis zwei Uhr nachts geöffnet."

Julia starrte sie für geschlagene zehn Sekunden an, dann zuckte sie mit den Schultern. „Bringen Sie mir bitte einfach einen heißen Tee."

„Okay, Darlin'. Was is' mit Ihnen?" Sie sah mich missbilligend an. Es war fast so, als ob sie dachte, dass ich – der unangenehme Barbar mit der Stachelfrisur – die perfekte Julia aus der Elite-Hochschule gekidnappt hatte.

„Coke", antwortete ich.

Sie verschwand schnell.

Ich starrte Julia eine gefühlte Ewigkeit lang an. „Verdammt, ich liebe dich", sagte ich schließlich.

Ihre Augen wurden groß und ihre Wangen rot. „Ich liebe dich", sagte sie.

Ihre Stimme war leiser als meine. Und vorsichtiger. Ich hasste diese Vorsicht. Ich hasste, dass es zum Teil an mir lag, dass sie vorsichtig war.

„Ich möchte, dass wir darüber hinweg kommen."

Ihre Antwort war kalt und direkt. „Als wir losfuhren, hatte ich gedacht, dass ich mich am Ende von dir trennen werde."

Die Direktheit dieser Aussage traf mich wie ein Hammer, es schnürte mir die Kehle zu und meine Brustmuskeln verkrampften sich. Ich konnte nicht antworten. Mir fehlten die Worte. Je länger ich mit der Antwort wartete, desto besorgter sah sie aus. Ihre Augenbrauen zogen sich langsam zusammen, die Falte auf ihrer Stirn, die immer dann erschien, wenn sie plötzlich sauer wurde, wurde immer tiefer.

„Sag etwas, verdammt nochmal."

Ich öffnete meinen Mund, war nicht in der Lage, nachzudenken. „Ich bin vor Angst ganz betäubt", spuckte ich aus. *Wo zur Hölle kam das jetzt her?*

Sie öffnete ihren Mund... und hörte dann einfach auf. „Was?", fragte sie und schüttelte ihren Kopf. „Was? Warum?"

„Weil ich dich niemals verlieren möchte und ich habe Angst, dass ich es total vermasselt habe."

Julia schloss ihre Augen und nickte langsam mit dem Kopf. „Vielleicht sollten wir beide besser zu hören und nicht einfach reagieren."

„Ich wünschte, ich hätte genau das gemacht, als wir zu dieser Tour aufbrachen."

„Ich auch. Du musst wissen, ich fühlte mich zu keinem Zeitpunkt auch nur ansatzweise zu Preston hingezogen. Er ist ein aufgeblasenes Arschloch."

„Die Groupie, die ich geküsst habe, hat gestunken. Ich wollte nichts mit ihr zu tun haben."

„Warum hast du sie dann geküsst und ihren Po angefasst?"

Ich sah hinunter auf den Tisch. Ich hatte einen Kloß im Hals, meine Kehle war vor Scham ganz geschwollen. „Ich wollte dich eifersüchtig machen. Ich wollte, dass du mich mehr begehrst als dieses Arschloch."

„Ich begehrte ihn überhaupt nicht."

„Das wusste ich nicht. Er hatte alles. Das verfluchte Harvard. Er ist reich, schlau und hat Beziehungen. Er ist nicht in Southie aufgewachsen."

„Er ist nicht du", antwortete sie. „Du bist der, den ich will."

Die Kellnerin kam mit unseren Getränken und wir bestellten unser Essen. Während Julia mit der Kellnerin sprach, beobachtete ich sie genau. Ich studierte die Bögen ihrer Augenbrauen und ihre langen Wimpern, die nicht getuscht waren. Ich sah mir ihre leicht geröteten Wangen und ihre Nase an. Ich sah ihr in die Augen, und als die Kellnerin davon ging, konnte ich nicht anders, als meinen Arm auszustrecken und nach ihrer Hand zu greifen.

„Ich habe dich vermisst", sagte ich.

„Ich dich auch", flüsterte sie.

„Es ist noch nicht zu spät, oder?"

Sie schüttelte heftig ihren Kopf. „Es ist nicht zu spät."

„Was können wir tun, damit es wieder gut wird?"

„Was denkst du?", fragte sie.

Ich drückte ihre Hand und sagte direkt, was mir einfiel, ohne weiter darüber nachzudenken oder so etwas. „Wir werden miteinander reden. Wir werden uns lieben. Wir werden niemals aufhören, uns gegenseitig zu berühren. Wir werden niemals aufhören, uns gegenseitig zu beachten."

Sie nickte, also machte ich weiter.

„Wir werden miteinander schlafen. Wir werden *aufpassen.*"

Sie schluckte hörbar. „Was noch?"

Ich schniefte und spürte eine Welle schmerzvoller Emotionen über mich kommen. „Wir... wir werden einander verzeihen."

Sie nickte heftig.

„Julia, ich weiß, dass ich dich das schon gefragt habe, und dass du auch schon geantwortet hast. Aber... Kannst du mir verzeihen?"

Ihre Augen wurden gleich rot und feucht, liefen fast sofort über. „Kannst du mir verzeihen?", flüsterte sie.

„Immer", antwortete ich.

„Ich auch."

Schauen Sie. Ich habe nicht erwartet, dass ich das sagen würde. Ich habe nicht erwartet, dass ich das tun würde. Ich war niemals jemand gewesen, der viel im Voraus plante. Oder der viel über die Konsequenzen seines Handelns nachdachte. Oder über die Konsequenzen meiner Worte. Also war ich nicht wirklich verantwortlich für die Worte, die als Nächstes aus meinem Mund kamen. Es war meine erste Reaktion, mein erster Gedanke. Es war das, was ich *wirklich* wollte. Das war ich, völlig ungehemmt.

„Julia", sagte ich plötzlich leidenschaftlich. „Heirate mich."

Sie erstarrte, bekam auf einmal große Augen und war schockiert. Sie sah so aus, wie ich ausgesehen haben musste, als Mrs. Stevenson mich in der achten Klasse in Englisch aufgerufen hatte.

„*Denke* nicht darüber nach", bedrängte ich sie. „Sag mir, was du *willst*."

„Bist du verrückt?"

Ich schluckte. „Das ist nicht die Antwort, auf die ich gehofft hatte."

„Du bist total verrückt, Crank. Verrückt. Völlig und absolut verrückt."

Ich holte Luft, versuchte, mich zu beruhigen. „Dann werde mit mir verrückt."

Sie sah mir in die Augen, sie waren so groß, dass ich nichts anderes sehen konnte und sie sagte die Worte, die ich hören wollte. „Ja. Ja, das werde ich."

Sie sind beide siebzehn (Julia)

„Ich bin nicht mehr hungrig", sagte ich. Ich konnte meine Augen nicht von ihm abwenden.

Werde mit mir verrückt. Er hatte mich wirklich gefragt, ob ich ihn heiraten wollte.

Und ich hatte wirklich ja gesagt.

Crank hatte dasselbe jungenhafte schiefe Lächeln im Gesicht, in das ich mich verliebt hatte. „Ich auch nicht."

Wir ließen etwas Geld für die Getränke und das Trinkgeld auf dem Tisch liegen. Dann nahm Crank meine Hand und wir verließen das Restaurant. Ich fühlte mich, als ob alles an meinem Körper lebendig wäre. Lebendig vor Lust, lebendig vor Not. Lebendig vor Verlangen. Jedes Nervenende in meinem Körper war auf Habachtstellung, und wenn mich jemand in dem Moment berührt hätte, hätte ich vermutlich aufgeschrien. Schon allein die Berührung unserer Hände, während wir Seite an Seite aus dem Restaurant gingen, war so intensiv, so warm, so schön... Ich wollte, dass dieser Moment für immer anhielt.

Wir gingen im Gleichschritt nebeneinander langsam an dem Motel entlang. Es war so natürlich und mühelos, es fiel mir leicht zu vergessen, dass wir das wochenlang nicht gemacht hatten. Ich konnte mich nicht entscheiden, ob ich ihn umarmen, ihm auf den Kopf schlagen, oder so lange Sex mit ihm haben wollte, bis er verrückt wurde.

Seine Frage kam plötzlich. „Was meinst du, sollen wir Sean aus meinem Zimmer schmeißen? Komm, wir geben ihm Geld und schicken ihn ins Kino oder so was."

Vielleicht alles gleichzeitig.

„Was hast du vor?"

Er blinzelte und schielte. „Ich möchte dir meine Tattoos zeigen."

Nach einer Sekunde wurde seine Stimme dunkler und er hatte beide Hände um mein Gesicht gelegt. Als wir uns in die Augen sahen, spürte ich, wie meine Wangen heiß wurden. Die emotionale Bindung zwischen uns war drängend und intensiv.

„Gott, Julia. Ich möchte dich für immer umarmen. Ich möchte dich die ganze Nacht in meinen Armen halten. Ich möchte mit dir schlafen. Aber noch mehr als das.... möchte ich dich berühren. Ich möchte, dass du mein bist."

Ich schlang meine Arme um seine Schultern und zog ihn näher zu mir, seine Hände wanderten dabei zu meiner Taille.

„Wenn du möchtest, dass ich dein bin, dann musst du mich dein *machen*, Mann."

Crank grinste nur und fuhr dann mit seinen Zähnen an der rechten Seite meines Halses entlang. Ich spürte, wie meine sowieso schon viel zu empfindliche Haut eine Gänsehaut bekam.

„Lass uns gehen", grollte er und trat einen Schritt zurück, er griff nach meiner linken Hand und zog mich hinter sich her.

Ich fühlte gespannte Aufregung, die bekannt und gleichzeitig auch fremdartig war. Ich war kurzatmig, meine Haut kribbelte leicht.

„Ich werde mit Sean reden", sagte er.

„Ich werde mit Carrie reden."

Fünfzehn Sekunden später waren wir bei unseren Zimmertüren angelangt, und dann passierte das Merkwürdigste überhaupt. Crank öffnete die Tür zu seinem und Seans Zimmer, kein Problem. Meine Zimmertür ließ sich nicht öffnen.

„Stimmt was nicht?", fragte er.

Ich zuckte mit den Schultern. „Wenn ich die Karte rein stecke, erscheint das grüne Licht. Ich denke, es ist von innen abgesperrt."

„Hey, Sean?", rief er in sein Zimmer. Er ging hinein und ich hörte, wie er erneut Seans Namen sagte.

Einen Augenblick später kam er wieder heraus und sah verwirrt aus. „Ich habe keine Ahnung, wo er – "

Ich legte meinen Kopf zur Seite und sah Crank in die Augen. Er sah meinen Blick und hörte auf zu reden. Ich schaute in Richtung des anderen Zimmers.

„Nein", sagte er. „Sean ist siebzehn."

Ich hob meine Augenbrauen.

„Nein...", wiederholte er. „Er ist nicht so wie ich war... Außerdem... Er und Carrie?", er sah verwirrt aus. Verdutzt. *Idiotisch.*

„Sie sind beide siebzehn. Und sie bauen eine Beziehung auf, in dem sie sich über Spinnen und Fruchtfliegen und was weiß ich noch alles unterhalten."

Crank schwankte im wahrsten Sinne des Wortes. „Dad wird mich umbringen."

„Das wird er nicht. Jack wird einfach nur kichern und mit Sean abklatschen. Was ist los?"

„Er ist immer noch ein *Kind.*"

Ich seufzte. Ich griff mit einer Hand nach Cranks Arm und klopfte mit der anderen fest an die Tür. „Crank. Halt die Klappe. Das ist er nicht. Und Carrie auch nicht."

„Dann... Warum klopfst du dann gegen die Tür?"

Ich verdrehte meine Augen. Eine Sekunde später öffnete sich die Tür einen Spalt. Der Riegel der Tür war immer noch vorgeschoben und verhinderte, dass sie ganz aufging. Carries Augen spähten hinaus zu mir.

„Was willst du?", flüsterte sie drängend.

„Hast du Verhütungsmittel?"

„*Oh, um Gottes Willen!*", rief sie aus, dann schlug sie mir die Tür vor der Nase zu.

Ich zuckte mit den Schultern. „Ich habe meine Schuldigkeit getan."

Crank schätzte die Situation ein und traf dann die richtige Entscheidung. Er griff nach meinem Arm, zog mich in das andere Zimmer und ließ die Tür hinter uns zufallen.

Sofort war es Dunkel um uns herum und ich begann zu zittern. Sehr sogar. Ich hatte versprochen, dass ich ihm verzeihen würde. Ich hatte um Verzeihung gebeten. Es fühlte sich so an, als ob mich jemand mit Eiswasser übergossen hätte. Ein Frösteln durchfuhr mich, an den Armen bekam ich eine Gänsehaut. Wir hatten uns so sehr gestritten, es waren fast drei Wochen gewesen. Drei Wochen, seit wir uns das letzte Mal berührt hatten. Drei Wochen, seit wir miteinander geschlafen hatten. Und die Zeit der verletzten Gefühle, des Zorns und der Missverständnisse hatte fast zwei Monate gedauert.

Für eine Sekunde fühlte ich, wie sich mein alter Schutzpanzer aus eiserner Reserviertheit um mich legte. Meine Maske aus Schmerz und Eis. Die Maske, die mich jahrelang beschützt, aber dann fast zerstört hatte.

Crank legte seine Arme um mich und für eine kurze Sekunde zuckte ich zurück. Crank hatte mir wehgetan. Er war eifersüchtig geworden und hatte irgend so ein Groupie geküsst und ihren Po begrapscht. Und vielleicht würde er beim nächsten Mal Schlimmeres tun.

„Lass gut sein, Baby", summte er in mein Ohr. „Ich werde dir nicht wehtun."

Ich kniff meine Augen ganz fest zusammen, dann spürte ich, wie meine Zurückhaltung und der Schutzpanzer beim leisen Raunen seiner Stimme verschwanden. Er legte seinen linken Arm um mich herum und unter meine Knie, dann hob er mich hoch und trug mich zum Bett.

Mir stockte der Atem, als ich wieder Luft bekam, wurde mein Atem schneller und kürzer. Ich fühlte meinen Puls an meinem Hals und in meiner Brust. Er legte mich sanft und mit der Präzision eines Chirurgen auf dem Bett ab. Durch das Fenster schien schwaches Licht, es erzeugte eine einzige vertikale Linie, die seinen Körper beschien, während er über mir stand.

Mein Atem wurde wieder schneller, als er die Knöpfe seines Hemds einen nach dem anderen öffnete und langsam seine braun gebrannte Haut und sein muskulöser Oberkörper zum Vorschein kam. Ich spürte, wie sich die Muskeln in meinem Rücken unfreiwillig anspannten und meinen Rücken durchdrückten. Dabei wurden meine Brüste gegen mein Shirt gedrückt.

„Was...", sagte ich. Mein Atem ging zu schnell, um etwas Sinnvolles zu sagen.

Seine Mundwinkel wanderten nach oben und formten ein schiefes Grinsen. Jetzt war er nackt und stellte seine Erektion schamlos zur Schau. Er lehnte sich zu mir nach vorne und begann, mir das T-Shirt auszuziehen. Die Berührung seiner Finger auf meiner nackten Haut brachte mich ein wenig zum Zittern.

„Was...", sagte ich erneut.

„Ich werde jetzt mit dir schlafen, Julia Thompson." Während er sprach, sah er mir in die Augen. Offen, ungeschützt, verletzbar.

Ich weiß, dass ich normalerweise die Kontrolle habe. Aber jetzt verlor ich meine Kontrolle. Crank zerrte am Bund meiner Jeans, öffnete den Reißverschluss und zog sie mir dann mit einer einzigen schnellen Bewegung, gleichzeitig mit meinem Slip, aus. Als er näher kam, schloss ich meine Augen.

Ich keuchte auf und zuckte zusammen, als seine Lippen meinen rechten Hüftknochen berührten und seine Hände meine Taille fest umklammerten. Als er mit seinen Lippen über meinen Magen entlangfuhr und dann am unteren Ende meiner Rippen nuckelte, stieß ich einen langsamen Schrei aus.

Ich hob meinen Kopf, um ihn zu küssen, aber er lächelte nur und schüttelte seinen Kopf, dann küsste er meinen Brustkorb genau zwischen meinen Brüsten. Ich wollte ihm sagen, *hör auf*, wollte, dass er fortfuhr, aber seine Hand berührte meinen Magen und begann lässig, Kreise zu ziehen, kam näher und näher.

Es war unerträglich. Jedes Mal, wenn seine Hand näher kam, bäumte sich meine Hüfte unfreiwillig auf. Ich atmete immer schneller, als seine Lippen mein Schlüsselbein berührten. Meinen Hals. Und dann war erst ein Finger, dann ein weiterer, in mir und meine Welt schmälerte sich zu einem Tunnel, alles drehte sich nur noch um das Gefühl, als er mich langsam mit seinen Fingern öffnete, dann immer tiefer eindrang und seine Finger dabei zusammenrollte.

Meine Muskeln spannten sich an, während er seine Finger hinein und heraus gleiten ließ. Langsam. Dann immer schneller, bis ich zu zittern begann. Ich nahm die Dinge um mich herum nicht mehr wahr, es verblasste alles im Nebel der Gefühle, der Berührung und der Liebe. Eine Welle nach der anderen kam über mich und meine Stimme wurde immer höher.

Als er langsamer wurde, drehte ich mich und protestierte. „Nicht aufhören!"

Seine Lippen waren neben meinem Ohr. Sein Atem war heiß. „Sag mir, dass du mich liebst, Julia. Sag mir, dass du mich willst."

Ich sog Luft ein, war nicht in der Lage, mich zu beherrschen, und flüsterte: „Ich liebe dich, Crank. Ich will dich so sehr."

Seine Finger glitten aus mir heraus und ließen mich plötzlich kalt zurück. Und seine Augen bohrten sich in mich. „Ich liebe dich, Julia. Niemanden sonst. Ich gehöre dir."

Die nächsten paar Sekunden waren so intim, dass es unerträglich war. Und dann tauchte er in mich ein.

Seine Augenlider flatterten und mein Hals bog sich nach hinten, bettelte ihn an, geküsst zu werden, gebissen zu werden, lud ihn ein zu tun, was immer er wollte. Was *ich* wollte, war, dass er schneller wurde. Aber er ging es langsam an, sehr langsam und starrte mir dabei in die Augen.

„Schneller", verlangte ich.

Er schüttelte seinen Kopf. „Ich möchte, dass das ewig anhält."

Bei seinen Worten stieß ich ein Stöhnen aus. Seine Hüftmuskeln spannten sich an, als er langsam in mich eindrang. Mein Körper umschlang den seinen, ich legte meine Beine um seinen Po. Ich kämpfte darum, mich an seinem Rücken festzuhalten, meine Fingernägel krallten sich in ihn, aber er weigerte sich, schneller zu werden.

Langsam. So unerträglich langsam glitt er hinein. Und dann wieder heraus.

Als er sich wieder zurückzog, stieß ich einen lauten Schrei aus. Dann glitt er wieder hinein, diesmal ein bisschen schneller, aber immer noch neckend, er brachte mich immer noch zur Weißglut damit. Als er fast wieder ganz draußen war, hielt er inne und senkte seinen Mund zu meiner Brust, seine Zunge umkreiste meine Brustwarze, berührte sie fast nicht.

Ich stieß ein ungewolltes Grollen aus und klammerte mich in seinen Rücken. „Fester. Sofort." Meine Stimme war fest, verlangend und Crank reagierte, er senkte einen Arm, um mein Bein fest gegen meine Brust zu drücken. Plötzlich bewegte er sich so schnell und heftig, wie ich es verlangt hatte, sein Atem wurde lauter und heißer.

Auch als Cranks Lippen meine berührten und unsere Zungen wild tanzten, glitt er hinein und hinaus, fest und schnell, sein Stoßen führte dazu, dass ich meine Beine noch weiter auseinander streckte und jeden Muskel in meinem Körper anspannte.

Ich drückte mich fest an ihn, meine Hüfte bewegte sich vor und zurück, meine Finger fuhren auf der Haut seines Rückens entlang. Ich wollte ihn noch *näher* haben. Sein Atem war so heiß und feucht an meinem Hals, einen Arm hatte er um mein Bein gelegt, der andere lag abgewinkelt unter meinem Kopf auf dem Bett.

„Julia, verdammt, ich liebe dich." Seine Stimme war voller Verlangen. Seine Hüften, stießen schmal und muskulös in mich hinein, wie Kolben und ich spürte die Wellen der sich überlagernden Gefühle in meinem Körper.

Er hielt auch jetzt nicht inne, hörte nicht auf und seine Stimme wurde einfach immer lauter und lauter und dann schrie ich auf, rief seinen Namen, kreischte:

„Crank, ich liebe dich!", so laut ich konnte, während wir beide fertig und erschöpft zusammensackten.

KAPITEL 8

The Road I'm on

Hier könnte ich leben (Crank)

Eine warme, schwüle Brise kam vom Potomac River und blies zu den Denkmälern. Es war spät, schon nach Mitternacht und der Mustang stand in der 17. Straße im Schatten des Washington Monument geparkt. Es war angestrahlt, leuchtete hell weiß und erhob sich über uns, als wir im Gras saßen.

„Nur ein paar hundert Meter von hier entfernt, haben wir uns getroffen", sagte Julia und sah mich mit einem Lächeln an.

„Ich liebe diese Stadt", antwortete ich und grinste zurück.

Carrie stand ein paar Meter von uns entfernt und starrte das Washington Monument an. Sean lag im Gras.

„Sind wir fertig?", fragte Sean.

„Hier könnte ich leben", sagte Carrie. „Ich habe DC immer geliebt."

Julia schauderte ein bisschen. „Ich mag es, dass Crank und ich uns hier kennengelernt haben, aber aus der Zeit davor habe ich keinerlei Erinnerungen an diese Stadt."

Carrie nickte und zuckte dann ein wenig mit den Schultern. „Vielleicht solltest du einfach ein paar schöne Erinnerungen erschaffen. Dies scheint ein guter Ort dafür zu sein."

Ich konnte es erkennen. Sie war so schlau und selbstsicher. Wie Julia, aber auf andere Weise. Trotz ihres ständigen Leugnens, hatte Julia ganz offensichtlich das Talent ihres Vaters für Verhandlungen und kaufmännische Dinge geerbt. Carrie aber… Ihre Persönlichkeit und Talente waren völlig anders. Sie schien von einem unersättlichen Durst nach Wissen angetrieben zu werden, den ich bisher nur bei Sean erlebt hatte.

„Warum nicht San Francisco? Oder New York?"

Carrie zuckte mit den Schultern. „New York kann ich mir vorstellen. Ich kann es gar nicht abwarten, mit dem Studium zu beginnen. Aber ich will nicht in der Nähe von Mom und Dad leben. Ich meine, ich liebe sie und das alles, aber ich habe es so satt, dass sich Mom in mein Leben einmischt."

„Deine Mom liebt dich", sagte Sean.

Julia setzte sich schockiert auf. Und ich auch. Sean hatte ganze zwanzig Minuten in Gegenwart von Julias und Carries Mutter verbracht, und nicht gerade unter den besten Umständen. Wie konnte Mr. Analytisch in solch kurzer Zeit zu so einer Erkenntnis gelangt sein?

„Ich bin mir sicher, dass sie das tut", sagte Carrie, „aber das macht es nicht leichter, mit ihr zusammenzuleben."

„Ich denke, sie hat Geheimnisse", antwortete Sean.

Carrie legte ihren Kopf zur Seite. „Wie kommst du darauf?"

„Ich weiß nicht." Sean sah wieder hinauf zu den Sternen.

„*Komm* schon, Sean", bohrte Carrie. „Es muss einen Grund geben, dass du das gesagt hast. Hast du einen Beweis? Irgendetwas?"

Er setzte sich auf. „Sie haben sich niemals berührt. Oder sich auch nur angeschaut."

„*Wer?*", antwortete Carrie.

„Eure Eltern."

Carrie und Julia sahen sich an und ich konnte sehen, wie sich die Zahnräder in Julias Gehirn drehten. Aber ich sagte nichts dazu, zu niemandem.

Man kann nicht vorsichtig genug sein, wenn es um Heizkörper geht (Julia)

Man kann New York im Sommer immer an dem besonderen Geruch erkennen. Lag es an der Subway? An den Sumpfgebieten in New Jersey? Waren es die großen Deponien oder Staten Island oder der Müll, der darauf wartete, eingesammelt zu werden. Was auch immer es war, jedes Mal, wenn ich New York im Sommer besuchte, wollte ich einfach umdrehen und davon fahren.

Heute jedoch blieb mir keine Wahl. Wir fuhren über den Lincoln Tunnel in die Stadt und dann nach Norden zum Campus der Columbia Universität. Irgendwann zwischendurch dachte ich, der Geruch würde verschwinden, als wir uns dem Central Park näherten, aber wir hatten kein Glück.

Es war fast vier Uhr nachmittags, als wir schließlich einen Parkplatz fanden, das Büro der Wohnheimverwaltung suchten, Carries Schlüssel entgegennahmen und ihr neues Zimmer bezogen. Es war ein kleines Wohnheimzimmer mit Wänden aus Betonziegeln, abgenutztem Fliesenboden und einem Bücherregal, das in der Wand unterhalb des Fensters eingelassen war. Zwei winzige Betten belegten fast die gesamte Grundfläche.

Nachdem wir ihre Taschen nach oben gebracht hatten, sprang Carrie fast auf das Bett.

„Ich kann es nicht glauben!", rief sie.

„Das ist ein ziemlich beschissenes Zimmer", meinte Sean.

„Ich weiß, aber es ist *meins*."

„Und das deiner Zimmergenossin", antwortete er.

„Wen juckt's?", erwiderte Carrie. „Ich freue mich so!"

Ich setzte mich auf das Bett gegenüber. Wer auch immer ihre Mitbewohnerin werden würde, war noch nicht eingezogen. Das Bett war unbezogen, das Regal leer.

„Wie sieht die nächste Woche aus?", fragte Crank.

„Am Montag erste Orientierung", sagte sie. „Ich muss mich um meinen Job als Studentische Hilfskraft kümmern."

„Du auch?", fragte ich.

„Was?", sagte Crank. „Zahlen deine Eltern nicht für deine Ausbildung?"

„Obwohl Dad eine Million Dollar oder so was an die Schule gespendet hat, erwartet er trotzdem von uns, dass wir als studentische Hilfskraft arbeiten", erklärte Carrie. „Ich denke, er hat dafür gezahlt, dass wir einen Platz bekommen."

Crank sah verwirrt aus. „Das hat er bei mir auch gemacht, Crank. Ich verstehe es irgendwie... Wenn du Kinder hättest, würdest du auch wollen, dass sie für einen Teil der Ausbildung arbeiten sollen und nicht alles in den Schoss gelegt bekommen, oder?"

„Ja", antwortete er. „Gutes Argument."

Sean sah den Heizkörper genau an. Er lehnte sich nah heran, so als ob er ihn genauer studieren wollte, dann erklärte er: „Die Wahrscheinlichkeit, dass dein Heizkörper explodieren wird oder schwere Verletzungen erzeugt ist gering. Das System sieht aus, als wäre es gut gewartet."

Carrie brach in lautes Lachen aus, aber ihre Augen wurden auch ein bisschen feucht und rot. „Ich bin sicher, dass es mir gut gehen wird, Sean."

Er drehte sich von dem Heizkörper weg und sah verärgert aus. „Man kann nicht vorsichtig genug sein, wenn es um Heizkörper geht."

Sie schniefte. „Ich werde dich vermissen. Wir hatten während der Fahrt eine Menge Spaß."

„Ich werde dich auch vermissen, Carrie", sagte er.

Seans Augen wurden feucht und das führte auch bei mir zu Tränen. Das Nächste, an das ich mich erinnere,

ist, dass wir vier uns alle umarmten und herumschnief-
ten.

„Ich möchte nicht, dass du gehst", flüsterte Carrie in
mein Haar.

Ich lehnte meinen Kopf an ihren. „Es wird alles gut
werden. Du bist die stärkste Frau, die ich kenne."

Sie zuckte mit den Schultern. „Natürlich bin ich das.
Aber ich werde euch trotzdem vermissen."

„Kann ich dich besuchen kommen?", fragte Sean.

„Das würde mir gefallen", antwortete Carrie. „Bitte
mach das. Du bist mein Freund."

„Wie wär's mit nächstem Wochenende?", schlug Sean
vor.

„Es wird wohl ein bisschen länger dauern, Sean", sagte Crank. „Gib ihr eine Chance, sich einzuleben. Und
dir auch. Ich denke, du wirst, wenn die Schule losgeht,
auch ziemlich beschäftigt sein."

Wir verließen Carrie mit vielen weiteren Tränen,
Umarmungen und Küssen. Crank fuhr mit offenem
Verdeck. Sean hatte sich wirklich sehr in seinen Sitz ge-
kauert, blätterte energisch die Seiten seines Buches um
und ignorierte alles. Das hatte er schon immer gemacht,
wenn ihn etwas emotional überforderte.

Ich sah nach hinten und winkte Carrie zu, die in
der Tür des Gebäudes stand. Sie hatte ein bittersüßes
Lächeln im Gesicht, als wir davon fuhren. Es war so
traurig für sie, uns zu verabschieden, aber zur gleichen
Zeit war sie auch aufgeregt. Ich freute mich für sie. Sie
würde eine völlig neue Welt erleben, weg von unseren
Eltern, weg von wirklich allen. Wer wusste schon, was
passieren würde? Vielleicht würde sie eine berühmte

Wissenschaftlerin werden oder sich verlieben oder für die Präsidentschaft kandidieren oder tausend andere Dinge tun.

Eines wusste ich sicher. Meine Schwester war stark genug für alles, was sich ihr in den Weg stellen würde. Als Crank sich in den Verkehr einordnete und wir von ihr wegfuhren, schaute ich im Rückspiegel zu, wie sie uns winkte und hoffte, dass die Zukunft gut zu ihr sein würde.

Als Carrie außer Sicht war, schenkte Crank mir ein Lächeln. „Du wirst sie vermissen, nicht wahr?"

Ich nickte und schniefte. „Ich erinnere mich daran, wie einsam ich in meinem ersten Jahr am College gewesen bin."

Er streckte seinen Arm aus und nahm meine Hand. „Ihr wird es gut gehen. Sie hat dich als große Schwester."

Ich drückte seine Hand und fragte mich, wie ich so verrückt gewesen sein konnte, darüber nachzudenken, ihn zu verlassen.

„Ich liebe dich, Crank."

„Ich liebe dich, Julia."

Ende

Playlist für Falling Stars

Crazy In Love, Beyonce & Jay-Z
The Road I'm On, 3 Doors Down
Taking Over Me, Evanescence
Head On Collision, New Found Glory
Everybody's Fool, Evanescence
Where Is The Love, The Black Eyed Peas
The Game of Love, Michelle Brance & Santana
Lose Yourself, Eminem
Rock Your Body, Justin Timberlake
Landslide, Dixie Chicks
Miss Independent, Kelly Clarkson
She Hates Me, Puddle of Mudd
Gossip Folks (feat. Ludacris), Missy Elliot
Stockholm Syndrome, Blink-182
Fat Lip, Sum 41
Where the Wild Things Are, Metallica
Radar Love, Golden Earring
Life in the Fast Lane, The Eagles
Magic Carpet Ride, Steppenwolf
Here I Go Again, Whitesnake
Mon Amie La Rose, Natasha Atlas
Jody Is a Punk, The Ramones
Lelsama, Natasha Atlas
Cruel to Be Kind, Nick Lowe

ANMERKUNG DES AUTHORS

Leser, die genau auf alle Details achten, werden ein paar Widersprüche zwischen *Sternschnuppen* und den anderen Thompson-Sisters-Büchern finden. Jedes Buch ist als Einzelband gedacht, also konzentriere ich mich jeweils auf die Geschichte, um die es gerade geht.

NACHWORT ZUR DEUTSCHEN AUSGABE

Mein ganz herzlicher Dank geht an alle Leser der deutschen Ausgaben der Thompson-Sisters Bücher. Die Rezensionen, Rückmeldungen und Unterstützung für die deutschen Bücher sind für Charles und mich sehr wichtig. Vielen Dank!

Die Übersetzung von *Sternschnuppen* habe ich direkt im Anschluss an die Übersetzung von *Ein Song für Julia* begonnen und relativ schnell beenden können. Ich war sozusagen noch in „Julia-und-Crank-Stimmung".

Da es sich bei den Kapitelüberschriften in *Sternschnuppen* ausnahmslos um Songtitel handelt, habe ich davon abgesehen, sie zu übersetzen, das hätte den Sinn zu sehr verfälscht.

Ohne mein inzwischen eingespieltes Team von Lektorinnen würde es diese Übersetzungen nicht geben: Regina und Rita, die immer schon auf jedes neue Kapitel warten und Sandra, die dem Ganzen am Ende den Feinschliff gibt. Ich bin euch dreien unglaublich dankbar!

Außerdem danke ich meinem Mann Peter für seine uneingeschränkte Unterstützung bei all meinen Projekten und für seine Liebe. Ich weiß nicht, was ich ohne Dich tun würde!

Auch dieses Mal möchte ich Charles für sein Vertrauen in mich und für seine Freundschaft danken. Beides bedeutet mir sehr viel.

Dimitra Fleissner